Die drei ???®

und der Meister des Todes

Die drei ???®

und der Meister des Todes

Erzählt von Kari Erlhoff

CARLSEN

Außerdem in der Reihe Die drei ???® im Carlsen Verlag lieferbar:
Die drei ??? – Codename Cobra
Die drei ??? – Das Geheimnis der Diva
Die drei ??? – Der Mann ohne Kopf
Die drei ??? – Der namenlose Gegner
Die drei ??? – Die geheime Treppe
Die drei ??? – Die Höhle des Grauens
Die drei ??? – Doppelte Täuschung
Die drei ??? – Geisterstadt
Die drei ??? – Grusel auf Campbell Castle
Die drei ??? – Pfad der Angst
Die drei ??? – Pistenteufel
Die drei ??? – Rufmord
Die drei ??? – Spuk im Netz
Die drei ??? – Stadt der Vampire
Die drei ??? und das Aztekenschwert
Die drei ??? und der Tanzende Teufel
Die drei ??? und die Fußball-Falle
Die drei ??? und die gefährlichen Fässer
Die drei ??? – Schuber (4 Bände)

Spezialgelagerten Dank!
Martina & Tobi und Judith & Rod für konstruktive Kritik,
Maike und den Pooldoktoren für das Fachwissen sowie
Rei und Anja für die Aufmunterung.

MIX
Papier aus verantwortungsvollen Quellen
FSC® C014496

Veröffentlicht im Carlsen Verlag
September 2014
Mit freundlicher Genehmigung des Franckh-Kosmos Verlages
und der Universität von Michigan

Based on characters by Robert Arthur
Umschlagbild: Helge Vogt
Umschlaggestaltung: formlabor
Corporate Design Taschenbuch: bell étage
Gesetzt aus der Bembo von Dörlemann Satz, Lemförde
Druck und Bindung: GGP Media GmbH, Pößneck
ISBN 978-3-551-31322-5
Printed in Germany

Die drei ???®

und der Meister des Todes

Kein Entkommen!

Langsam trat Justus Jonas aus der Dunkelheit ins Licht. Die Luft um ihn herum war warm und stickig. Staub tanzte in kleinen Partikeln auf und ab, während der Erste Detektiv seinen Weg fortsetzte. Bei einem Vorhang blieb er stehen. Die Umrisse einer Person zeichneten sich durch den dünnen, hellen Stoff ab. Justus konnte hören, wie die Person atmete. Während seine rechte Hand sich fest um den Griff der Axt schloss, fasste er mit der Linken nach der Gardine. Das Atmen wurde lauter, panischer! Seine Finger berührten den Stoff. Noch bevor er den Vorhang beiseitereißen konnte, ertönte ein Schrei. Er war markerschütternd schrill und klingelte in Justus' Ohren. Der Erste Detektiv wich intuitiv zurück. Ein zierliches blondes Mädchen in einem Sommerkleid befreite sich aus der Gardine. Justus griff nach ihr, um sie zurückzuhalten, verfehlte sie jedoch um Zentimeter. Schluchzend verschwand sie in der Dunkelheit. Justus drehte sich in aller Seelenruhe um. »Renn nur!«, rief er ihr hinterher. Dann lachte er. »Du kannst mir nicht entkommen! Niemand entkommt mir! Das nächste Haus ist kilometerweit weg!« Er folgte ihr nicht, sondern schritt hinüber zu einem Schrank – dem einzigen Möbelstück weit und breit. Mit einem Ruck riss er die Tür auf. »Na, wen haben wir denn da?« Er blickte geradewegs auf Peter, der sich an die Rückwand presste. »Solltest du nicht draußen sein und den Helden spielen?«

»Lass mich am Leben!«, flehte Peter mit bebender Stimme.

Justus sah hinab auf die Axt in seinen Händen. Langsam strich er mit einem Finger über die Klinge. Dann richtete er seinen Blick wieder auf Peter. »Nenne mir einen Grund dafür!« Justus lächelte diabolisch.

»Ich … ich …«, stammelte der Zweite Detektiv. »Ich habe den schwarzen Gürtel im Judo!«

»Und du glaubst, das könnte mich aufhalten?« Justus klopfte nachdenklich etwas Staub von Peters Schulter. »Willst du den wartenden Tod etwa enttäuschen?«

Peter antwortete nicht. Schon sauste die Axt auf ihn hinab. Geschickt wich er aus. Er tauchte unter den erhobenen Armen des Ersten Detektivs hindurch und wollte ihm die Axt aus der Hand reißen. Doch Peter hatte die Rechnung ohne die Seile gemacht, die hinter ihm von der Decke hinabhingen. Schon verhedderte er sich und stürzte fluchend zu Boden. »So ein Mist!«

»Schau besser nach vorne, wenn du läufst!«, empfahl Justus. Grinsend ließ er die Axt sinken.

»Ich war geblendet von den Scheinwerfern«, verteidigte sich Peter, während er sich aus den Seilen befreite.

»Soweit ich weiß, waren die Seile aber nicht Teil des Drehbuchs!« Mrs Robinson, die Lehrerin für Film- und Theaterwissenschaften, war an den Rand der Bühne getreten. Sie sah belustigt aus.

»Das liegt alles daran, dass wir keinen richtigen Filmset haben!«, antwortete Zack Martin frustriert. Der braunhaarige Junge besuchte gemeinsam mit den drei ??? einen Filmkurs an der Rocky Beach Highschool. Für die älteren Schüler sah der Lehrplan jedes Jahr ein Kurzfilm-Projekt vor. Doch die Gruppe von Peter und Bob hatte bislang wenig Glück gehabt. Noch immer hatten sie keinen Drehort für den Film gefunden und mussten für die Proben mit dem Theaterraum der Schule vorliebnehmen. Außerdem waren bereits zwei Leute aus dem Team krank geworden.

»Wir brauchen einen Ersatz für Kelly!«, sagte Bob Andrews. »Sonst müssen wir die Rolle der Hexe aus dem Drehbuch streichen.«

Mrs Robinson lächelte. »Ich denke, ich kann wenigstens beim letzten Punkt helfen.« Sie wandte sich zu einem schwarzhaarigen Mädchen, das schräg hinter ihr stand. Sie war hochgewachsen und trug ein schwarzes T-Shirt mit der Aufschrift *Don't mess with the Goddess*. Justus, Peter und Bob kannten sie vom Sehen. Das Mädchen hieß Latona Johnson und war im Jahrgang über ihnen.

»Heute ist wohl doch mein Glückstag!« Zack grinste beim Anblick von Latona.

»Das ist also dein neues Team«, erklärte Mrs Robinson. Dann fügte sie hinzu: »Möchtest du dich jetzt vielleicht kurz vorstellen?«

Das Mädchen warf ihre langen Haare über die Schulter und musterte einen nach dem anderen mit ihren eisblauen Augen. »Wenn Sie unbedingt wollen! Meinen Namen kennt ihr ja schon. Ich finde Cheerleader affig, habe mal einen Schulverweis bekommen und esse keine Paprika. Freiwillig würde ich nie bei euch mitmachen, aber ich muss leider guten Willen zeigen, damit ich keinen Ärger vom Direktor bekomme.«

»Jeder kann einen Neuanfang machen«, sagte Mrs Robinson betont mildtätig. Latona zog hinter ihrem Rücken eine Grimasse.

»Also das hier sind alle, die beim Film mitmachen.« Mrs Robinson hörte nicht auf zu lächeln. »Peter Shaw ist von Anfang an dabei gewesen, genau wie Bob Andrews, Mary-Ann Leigh, Zack Martin und Frank Norman. Dean Simon und Kelly Madigan sind leider krank geworden und können nicht mitmachen. Aber dafür haben wir ja jetzt dich und Justus Jonas.«

»Schön, und wo soll nun gedreht werden?«, fragte Latona mit mäßigem Interesse.

»Nirgendwo, wir haben nämlich noch kein passendes Haus gefunden«, antwortete Zack missmutig. »Dabei wollten wir eigentlich alles an diesem Wochenende abdrehen.«

»Ich habe da vielleicht eine Lösung!«, mischte sich Mary-Ann, das Mädchen im Sommerkleid, ein. Alle drehten sich zu ihr um, was sie sichtlich nervös machte. Hektisch kramte sie in einer kleinen Umhängetasche, die sie um den Hals trug. »Ich habe eine Nummer von einer alten Dame bekommen, die uns vielleicht kostenlos ihr Haus überlässt. Gleich nach der Probe wollte ich dort anrufen.«

»Die Probe ist hiermit beendet«, sagte Zack prompt.

»Gut, dann kann Mary-Ann ihren Anruf machen, während wir im Medienraum die Ausrüstung für den Film zusammensuchen«, schlug Mrs Robinson vor. »Frank, hast du dir schon Gedanken darüber gemacht, ob du neben deiner Rolle auch die Regie übernehmen willst?«

Ein leicht gedrungener schwarzhaariger Junge mit ernstem Gesichtsausdruck trat zu der Lehrerin. »Ja, ich denke, das könnte durchaus eine interessante Erfahrung sein, Madam.«

»Manchmal erinnert mich Frank etwas an dich, Just«, sagte Peter leise, als sie zum Medienraum gingen. »Nicht nur vom

Aussehen her. Er benutzt auch immer viele Fremdwörter und hat überall gute Noten.«

»Wir haben zusammen Physik«, sagte Bob. »Und er ist wirklich sehr gut. Ich glaube, er will nach der Schule Wissenschaftler werden.«

»Vielleicht hättet ihr auch jemand mit sehr guten Noten in Filmwissenschaft an das Drehbuch setzen sollen«, erwiderte Justus. »Die Charaktere sind völlig eindimensional angelegt – besonders meine Rolle als verfressener Nichtsnutz, der zum Serienmörder mutiert!«

Peter seufzte. »Just, ich bin dir echt dankbar, dass du so kurzfristig bei uns im Team eingesprungen bist, aber es wäre sehr nett, wenn du den Film nicht dauernd kritisieren würdest.«

»Genau!«, mischte sich nun auch Zack ins Gespräch ein. »Das Drehbuch stammt außerdem von mir! Ich habe da drei Tage dran gearbeitet.«

»Und wir haben den Text danach mühsam überarbeitet«, raunte Bob dem Ersten Detektiv zu.

»Mrs Robinson hat die Regeln gelockert und Zack hat sich so ausgetobt, dass der ursprüngliche Inhalt für einen Schulverweis gereicht hätte.«

»Was für Regeln?«, fragte Latona, während sie alle Richtung Ausgang liefen.

»Na, Regeln wie ›Kein Mord‹ oder ›Keine Gewalt‹«, antwortete Bob. »Mrs Robinsons Vorgängerin war eine ältere Dame, die uns immer vom Hays-Code vorgeschwärmt hat.«

»Was für ein Code?«

»Der Hays-Code diente zwischen 1930 und 1968 der Zensur amerikanischer Kinofilme«, zitierte Justus aus seinem umfangreichen Wissensfundus. »Es ging dabei um die Aufrechterhaltung von Ordnung und Moral. So wurde auch reguliert, wie lange ein Filmkuss dauern durfte oder welche Schimpfworte erlaubt waren. Damalige Regisseure, wie Alfred Hitchcock, gaben sich allerdings Mühe, den Code durch Tricks zu umgehen.«

»Wir hingegen machen echten Horror. Du hast aber noch die Gelegenheit, auszusteigen, Babe!« Zack grinste Latona an und schwang das Plastikbeil. »Eine der Gruppen dreht einen harmlosen Pferdefilm.«

»Horror ist okay«, sagte Latona unbeeindruckt.

»Es ist eigentlich eher eine absurde Horror-Komödie«, wandte Justus ein. »Eine wenig kunstvolle Mischung aus Trash, Splatter und Exploitationfilm.«

»Lass dich von unserem selbstgerechten Filmkritiker und seinen Fremdwörtern nicht verwirren«, verteidigte Zack sein Werk. »›Hölle ohne Notausgang‹ ist Horror vom Feinsten. Die Geschichte handelt von einer vierköpfigen Jugendbande aus Los Angeles, die einen Bankräuber in die Küstenberge verfolgt. Er versteckt sich in einem Haus. Doch das wird von einer Hexe bewohnt. Sie beschwört einen Geist, der von einem der Jungen Besitz ergreift. Daraufhin will er alle umbringen. Zum Schluss rettet der Held aber seine Freundin und der besessene Junge tötet die Hexe.«

»Du spielst die Hexe«, erklärte Peter. »Und ich bin T-Rex, der Held.«

»Das wird der Schocker des Jahres!«, sagte Zack im Brustton der Überzeugung.

»Wohl eher der totale Flop!«, raunte Bob seinen Freunden zu.
»Ich möchte, dass ihr gut mit der Ausrüstung umgeht«, bat Mrs Robinson, während sie drei große Metallkoffer mit Kameras, Kabeln und Mikrofonen zusammenstellte.
»Wir tun unser Bestes, Madam«, sagte Zack lässig. In diesem Augenblick ging die Tür auf und Mary-Ann trat in den Medienraum. Sie sah alles andere als glücklich aus.
»Hat die Sache mit dem Haus nicht geklappt?«, fragte Peter enttäuscht.
»Doch. Ich habe Mrs Sciutto erreicht. Und sie war sehr nett. Wir haben einen Drehort!«
»Und? Was ist es für ein Haus?«
»Es ist perfekt! Das Haus steht einsam an einer Steilküste, nicht weit von hier. Die alte Dame meinte, dass sie seit einiger Zeit in einer Wohnung lebt, weil sie sich nicht mehr allein um das große Haus kümmern kann. Es steht leer. Aber Strom und Wasser wurden noch nicht abgeschaltet.«
»Und wir haben das Haus ganz für uns?«, fragte Bob.
»Ja! Wir können das ganze Wochenende dort wohnen und den Film drehen.«
»Das ist wirklich perfekt!«, stimmte nun auch Peter zu.
Mary-Ann strich sich nervös die blonden Haare zurück. »Ich kann Mrs Sciutto heute noch besuchen und sie gibt mir die Schlüssel.«
»Also kein Grund für dein stimmungsverderbendes Trauergesicht, Mary!« Zack klopfte dem zierlichen blonden Mädchen auf die Schulter. Sie wich ihm aus. »Die Sache hat einen Haken.«
»Was denn? Müssen wir etwa den Rasen mähen?«

»Mrs Sciuttos verstorbener Mann war ein bekannter Schausteller. Seine Marionetten befinden sich noch im Haus. Die alte Dame hat uns gewarnt ihnen nicht zu nahe zu kommen.«
»Klar, die Dinger sind bestimmt wertvoll«, meinte Frank. »Komisch, dass sie die bei ihrem Umzug nicht mitgenommen hat.«
»Sie war froh die Puppen endlich los zu sein.« Mary-Ann senkte die Stimme. »Um ehrlich zu sein: Sie sagte, dass die Puppen gefährlich sind!«
»Gefährlich?«, fragte Peter misstrauisch nach.
»Ja, genau das hat sie gesagt. Und noch etwas.« Mary-Ann machte eine kleine Pause, dann sagte sie: »Wir sollen uns vor dem Tod in Acht nehmen!«

Düstere Legenden

»Und warum müssen ausgerechnet wir jetzt diesen Schlüssel abholen?«, fragte Peter den Ersten Detektiv. Die drei ??? stiegen aus Bobs Käfer. Gleich nach der Filmprobe hatten sie sich von Mary-Ann die Adresse der alten Dame geben lassen. Sie wohnte in einer geschmackvollen Wohnanlage in West Hollywood.

»Sagen wir mal so, die Informationen, die sie Mary-Ann gegeben hat, haben mich neugierig gemacht.«

»Du witterst da doch nicht etwa einen Fall für die drei ???, oder?«, wollte Bob wissen.

»Mysteriöse Gegebenheiten interessieren mich nun einmal.« Justus besah sich das Klingelschild des Apartmenthauses. »Ah, da haben wir sie, Angela Sciutto! Sie wohnt im zweiten Stock.« Er klingelte. Kurz darauf hörten sie einen Summer und die Tür ließ sich öffnen.

»Ich bin gespannt, was sie zu erzählen hat.« Justus schritt voran ins angenehm kühle Treppenhaus.

»Ich für meinen Teil hoffe, dass sie vorhin am Telefon einfach nur einen Witz gemacht hat«, knurrte Peter.

Bob lachte. »Dass du nach all unseren Fällen immer noch so empfindlich bist, wenn es um unheimliche Dinge geht!«

»Wir sind ja auch oft genug in Gefahr geraten – auch ohne Gespenster«, gab der Zweite Detektiv zurück. »Und etwas Vorsicht schadet nie.«

»Du bist unverbesserlich.« Bob grinste.

»Wir sind da!«, beendete Justus die Diskussion. Tatsächlich ging direkt vor ihnen eine der weiß gestrichenen Haustüren auf. Eine rüstige alte Dame in einem türkisfarbenen Kleid lächelte ihnen entgegen.
»Guten Tag, Mrs Sciutto!«, sagte Justus höflich.
»Wie kann ich euch helfen?«
»Wir sind von der Film-Gruppe der Rocky Beach Highschool«, erklärte Peter. »Es geht um Ihr Haus.«
»Aber natürlich! Die Film-Gruppe. Ich hatte nur ein Mädchen erwartet, diese nette Mary-Ann.«
»Sie hatte leider schon etwas für den Nachmittag vor und konnte daher nicht kommen, Madam. So sind wir an ihrer Stelle hierhergefahren, um die Hausschlüssel abzuholen.«
»Das macht nichts. Drei Gäste sind ja noch besser als einer. Ich bekomme nicht so oft Besuch.« Die alte Dame wies in ihre Wohnung. »Kommt doch rein! Ich habe schon einen großen Krug mit Eistee bereitgestellt. Bei der Hitze seid ihr bestimmt durstig.«
»Danke, Madam.« Justus gab ihr die Hand und stellte sich und seine beiden Freunde vor.
»Ihr müsst mir unbedingt erzählen, was ihr vorhabt. Früher war ich ein echter Filmfan. Hitchcocks berühmten Film ›Psycho‹ habe ich bestimmt fünf- oder sechsmal hintereinander im Kino gesehen. Oh, wie war das spannend!« Ihre Augen leuchteten. »Außerdem wollte ich als junges Mädchen selbst gerne Schauspielerin werden. Aber daraus ist leider nie etwas geworden.« Sie lächelte. »Dafür freue ich mich umso mehr, wenn ich aufstrebenden Filmemachern helfen kann.«
»Nun, es ist eigentlich nur ein Schulprojekt«, gab Bob zu. Die

drei ??? betraten das Wohnzimmer. Es war hell und freundlich eingerichtet. Justus bemerkte, dass es überhaupt keine persönlichen Fotos gab. Möglicherweise hatte Mrs Sciutto keine Familie.

»Aber setzt euch doch!«, rief die alte Dame, als sie kurz darauf mit einem Tablett in den Raum trat. »Ich muss doch unbedingt wissen, was bei mir im Haus passieren wird!«

Auf ihr Drängen hin erzählten Justus, Peter und Bob ausführlich von dem Filmprojekt.

»Ein Horrorfilm!«, sagte Mrs Sciutto schließlich. »Dafür ist das Haus natürlich wunderbar geeignet.«

Der Zweite Detektiv sah bei diesen Worten nicht gerade erfreut drein.

»Sie meinen, es eignet sich gut als Kulisse für unheimliche Szenen?«, hakte Justus nach.

»Nun, das auch. Es ist ein altes Haus, das die Vorfahren meines Mannes Ende des 19. Jahrhunderts errichtet haben. Beim Bau wurden venezianische Stilelemente verwendet. In manchen Räumen fühlt man sich wie in einem Palazzo aus einer vergangenen Zeit.« Mrs Sciutto schenkte Eistee ein. »Man könnte meinen, die Räume wären verwunschen.«

»Das hört sich gut an!«, meinte Bob zuversichtlich.

»Aber dann sind da noch die Marionetten.« Der Blick der alten Dame verfinsterte sich schlagartig.

»Unsere Mitschülerin Mary-Ann hat uns schon davon berichtet. Sie sagte, die Puppen wären gefährlich.«

»Ja, das habe ich ihr gleich am Telefon erzählt. Ich hatte zuerst Bedenken, ob ich euch wirklich in das Haus lassen kann. Aber Mary-Ann meinte, es wäre wichtig für euch.«

»Aber so richtig gefährlich sind die Marionetten doch nicht,

oder?«, fragte Peter voller Unbehagen. »Sonst würden Sie uns das Haus doch gar nicht zur Verfügung stellen.«
»Nun, ich denke nicht, dass euch die Puppen etwas anhaben können, solange sie gebannt sind.«
»Gebannt?« Bob sah die alte Dame fragend an.
»Ach, am besten, ich beginne mit der Geschichte von vorne«, sagte Mrs Sciutto mit einem Seufzer. »Es ist besser, wenn ihr Bescheid wisst.« Sie nahm einen Schluck Eistee. »Die Marionetten sind schon sehr alt, viel älter als das Haus. Ein Vorfahre meines Mannes, ein venezianischer Künstler und Marionettenspieler, hat sie vor über vierhundert Jahren angefertigt. Es heißt, dass er jede von ihnen in einer Vollmondnacht schuf und einen Zauber in ihre Körper legte. So konnte er mit ihnen reden und die Puppen antworteten – wenn auch nur nach Sonnenuntergang. Als einige Jahre später die Pest über die Stadt kam, raffte die Krankheit die Menschen wie Fliegen dahin. Der Vorfahre meines Mannes fürchtete die Seuche, aber noch mehr fürchtete er den Tod. Da bot ihm eine der Marionetten an sein Leben zu retten. Der Künstler musste ihr dafür sein Herz geben. Als Gegenleistung lenkte die Puppe den Tod ab und der Marionettenspieler überlebte die Seuche. Schon bald wurde er als ›Meister des Todes‹ bekannt. Es heißt, dass es von da an in jeder Generation der Sciuttos einen Meister gab, der mit den Puppen auftrat. Und keiner von ihnen ist je gestorben. Bevor der Tod sie holen konnte, verschwanden sie auf mysteriöse Weise. Doch der Tod wollte sich nicht so einfach an der Nase herumführen lassen. So ist er seit all den Jahren auf der Suche nach der Seele, die ihm noch zusteht.«
»Aber«, fragte Bob vorsichtig nach, »Ihr Mann ist dann doch gestorben, nicht wahr?«

»Richtig, mein Mann ist der erste Sciutto, der beerdigt wurde. Nach dem Tod unseres jüngsten Sohnes hat er mit dem Puppenspiel aufgehört und ist somit aus der Reihe der Meister ausgetreten. Er wollte mit der ganzen Sache nichts mehr zu tun haben.«
»Das mit Ihrem Sohn tut uns sehr leid«, sagte Bob. Peter und Justus pflichteten ihm bei.
»Eigentlich glaube ich nicht an solche Sachen«, sagte Mrs Sciutto kurz darauf nachdenklich. »Aber mein Mann sagte immer, dass die Puppen ohne einen starken Meister eine Gefahr darstellen. Wir hatten stets gehofft, dass einer unserer beiden Söhne diese Rolle übernehmen konnte, aber sie sind schließlich beide jung gestorben.«
»Und was wurde dann aus den Marionetten?«
»Kurz vor seinem Tod wurde mein Mann unruhig. Er zeichnete mit Kreide einen Bannkreis um die Puppen. Seitdem können sie ihre Magie nicht ausüben und der Tod kann das Haus nicht finden.«
»Der Kreis schützt uns also?«
»Ja, solange er intakt ist, kann man das Haus gefahrlos bewohnen. Aber ganz wohl habe ich mich dort trotzdem nie gefühlt. Mein Mann bat mich auf dem Sterbebett, die Marionetten zu verbrennen, weil es nun keinen weiteren Meister geben würde. Aber ich habe es nicht übers Herz gebracht, sie zu vernichten.« Sie seufzte und sah die drei ??? ernst an. »Kurz nach der Beerdigung meines Mannes beschädigte ich aus Versehen den Kreis. Noch in derselben Nacht geschahen Dinge, die ich mir bis heute nicht erklären kann.«
»Was denn zum Beispiel?«, fragte Justus mit unverhohlener Neugierde.

»Ich hörte körperlose Stimmen, die nirgendwo herzukommen schienen. Sie sprachen auf Italienisch zu mir! Am Morgen bemerkte ich, dass eine der Puppen nasse Haare hatte, so als wäre sie zuvor schwimmen gewesen.« Man sah Mrs Sciutto an, dass sie nur widerwillig über diese Dinge redete. »Aber einen richtigen Schreck habe ich erst bekommen, als die Figur des Todes eines Nachts an meinem Bett erschien! Am selben Tag bin ich in den Pool gestürzt und fast ertrunken.« Mrs Sciutto griff mit zitternden Händen nach der Karaffe und schenkte den Jungen Eistee nach. »Verängstigt suchte ich im Arbeitszimmer meines Mannes nach dem Zauber, der den Bannkreis herstellte. Dort fand ich neben der Bannkreisformel dann auch eine große Sammlung von Zeitungsausschnitten, Kopien und Briefen. Viele davon waren über seine Auftritte mit den Puppen. Aber es gab auch ältere Berichte, die sich auf die Marionetten bezogen. Und da war ein Artikel, den mein Mann mir vorenthalten hatte. Es war eine kurze Meldung über eine Frau, die in unserem Pool ertrunken ist!« Mrs Sciutto stand auf und ging mit wackeligen Schritten zu einem Schrank. Sie öffnete die unteren Türen und griff hinein. Eine Holzkiste kam zum Vorschein. »Hier drin habe ich alle Dokumente meines Mannes aufbewahrt.«

»Wann ist das mit der Frau denn passiert?«

»Es muss zu der Zeit gewesen sein, als mein Schwiegervater noch jung war – also lange vor der Hochzeit von meinem Mann und mir. Da gab es diesen schrecklichen Pool auch schon. Mein Mann hat ihn gemocht, aber ich wollte ihn schon immer zubetonieren lassen.«

»Darf ich mir das ansehen?« Der dritte Detektiv deutete auf die Kiste.

»Aber natürlich! Ich habe zur Sicherheit nach meinem Auszug einige Kopien davon angefertigt. Diese hier könnt ihr gerne mitnehmen«, bot Mrs Sciutto an. »Ihr werdet sehen, dass die junge Frau nicht der erste Todesfall im Umkreis der Marionetten war. Es mag lächerlich klingen, aber ich werde das Gefühl nicht los, dass der Tod tatsächlich seine Finger im Spiel hat.«
Justus griff in seine Hosentasche und zückte das schmale Etui, in dem er seine Visitenkarten aufbewahrte. »Eigentlich sind wir ja im Auftrag unseres Filmteams hier, Mrs Sciutto, aber durch Zufall sind wir nicht nur Hobbyfilmer, sondern auch Privatdetektive.« Er reichte der alten Dame eine der Karten. »Passenderweise sind wir auf mysteriöse Vorkommnisse und Rätsel aller Art spezialisiert.«
»Detektive!« Mrs Sciutto sah erstaunt auf die Karte in ihren Händen.

»Wir könnten herausfinden, was es mit den Marionetten tatsächlich auf sich hat«, bot Justus an. »In der Vergangenheit haben wir schon eine Reihe von vermeintlich übernatürlichen Phänomenen enttarnt.«
»Das würdet ihr tun?«, fragte Mrs Sciutto überrascht.

»Ja, sogar kostenlos!«, antwortete Peter.

»Ich würde mich freuen, wenn hinter alldem eine logische Erklärung stecken würde.« Mrs Sciutto lehnte die Karte vorsichtig an ihr Glas. »Aber ich lege euch trotzdem nahe vorsichtig zu sein. Eurer Freundin habe ich am Telefon schon gesagt, dass die Kreide nie verwischt werden darf! Ihr dürft zwar in den Kreis hineintreten und auch wieder hinaus, aber ihr dürft die Linie niemals unterbrechen. Wenn das geschieht, ist keiner von euch mehr sicher!«

Das Haus des Meisters

»Und? Konntest du noch mehr über die Sciuttos und die Marionetten herausfinden, Bob?« Justus saß zwischen zwei Reisetaschen, einem Kamerastativ und einer Proviantkiste eingezwängt auf dem Rücksitz von Bobs Käfer.

Der dritte Detektiv steuerte den Wagen über eine holperige Straße durch die Küstenberge südlich von Rocky Beach.

»Die Bibliothek hatte gestern Abend leider schon zu. Aber ich habe mir die Sachen angesehen, die Mrs Sciutto uns mitgegeben hat.«

»Links!«, rief Peter unvermittelt.

»Was?« Bob sah den Zweiten Detektiv verständnislos an.

»Schau nach vorne, wenn du fährst!« Peter raschelte nervös mit der Straßenkarte, die er auf seinen Knien ausgebreitet hatte. »Wir müssen links auf diese Straße da ... oder besser das, was von der Straße übrig ist.«

Bob bog in eine Seitenstraße ab, die von Schlaglöchern übersät war.

»Ist im Haus der Sciuttos denn nun tatsächlich eine Frau ums Leben gekommen?«, fragte Justus.

»Ja! Das war Ende der Zwanzigerjahre. Im Artikel wird nur gesagt, dass sie zu Besuch auf dem Sciutto-Anwesen war.«

»Und die anderen Todesfälle, von denen Mrs Sciutto sprach?«

»Wenn man den gesammelten Texten von Mr Sciutto glauben darf, haben diese Marionetten tatsächlich einen gefährlichen Einfluss auf alle, die in ihrem Umfeld leben. Nur solange ihr wahrer Meister die Fäden führt, bleibt der Tod ihnen fern. 1760 kam ein Diener der Sciuttos auf mysteriöse Weise ums Leben, als der Meister für ein paar Tage nicht im Haus war. Dreißig Jahre später starb eine Sängerin, die gemeinsam mit den Marionetten aufgetreten war. Auch da war der Meister auf einer Reise gewesen.«

»Innerhalb von vierhundert Jahren kommt es hin und wieder zu Todesfällen – auch ohne das Zutun von Marionetten«, sagte Justus gelassen. »Gab es sonst noch Artikel, die für uns von Interesse sein könnten, Bob?«

»Es gab ein paar Tagebucheinträge, die darauf verweisen, dass jeder Marionettenmeister das Geheimnis der Sciuttos bewahrt, bis der nächste Meister bereit ist.«

»Was für ein Geheimnis?«, wollte Peter wissen.

»Ich schätze mal, das des ewigen Lebens. Wenn bislang keiner der Meister gestorben ist, müssen sie ja irgendeinen besonderen Trick haben.«

»Wenn du mich auf den Arm nehmen willst, dann ist es dir nicht gelungen.« Peter lachte verächtlich. »Ich bin vielleicht manchmal etwas abergläubisch, aber an ewig lebende Marionettenspieler glaube selbst ich nicht.«

»Löblich, dass du es so siehst, Zweiter«, sagte Justus zustimmend. »Eine rationale Herangehensweise ist der Aufklärung paranormaler Phänomene auf jeden Fall zuträglich.«

»Ich warne dich, Just!« Peter drehte sich zu seinem Freund um. »Ich habe mein Fremdwörterbuch zu Hause vergessen!«

»Ich habe ja nur gesagt, dass es gut ist, wenn man scheinbar Übersinnliches logisch betrachtet«, verteidigte sich der Erste Detektiv. »Wenn wir es neben dem Filmen zeitlich hinbekommen, sollten wir also versuchen im Marionetten-Fall die Mythen von den nachvollziehbaren Tatsachen zu trennen.«

»Dann können wir ja gleich anfangen. Wir sind nämlich da!« Bob parkte den Käfer neben ein paar trockenen Sträuchern. Laut Karte gab es in der Nähe eine Bucht, aber vom Meer war weit und breit nichts zu sehen.

»Es ist ja schön hier, aber auch ganz schön einsam.«

»Nicht mehr lange!« Peter deutete aus dem Fenster, wo gerade zwei Autos in Sicht kamen. »Der Rest des Teams rückt an.«

»Dann möchte ich euch schnell noch etwas sagen.« Justus beugte sich zwischen den Sitzen durch nach vorne. »Es ist besser, wenn die anderen nichts von unseren Ermittlungen mitbekommen.«

»Wieso?«

»Weil sonst alle mitarbeiten wollen, anstatt den Film zu drehen. Und ich finde, dass drei Detektive genug sind.«

»Meinetwegen.« Peter machte die Beifahrertür auf.

»Ich habe bis zuletzt gehofft, dass Zack auch noch ausfällt. Warum musste ausgerechnet Kelly sich eine leichte Lebensmittelvergiftung holen und nicht er?« Bob seufzte, als der Wagen seines Schulkameraden neben ihnen hielt.

»Das sind ja ganz düstere Seiten, die ich da an dir entdecke«, stellte Peter fest.

»Ach, ist doch wahr!« Bob schlug die Tür des Käfers mit Schwung zu. »Er ist eine Plage!«

»Wer ist eine Plage?« Zack stieg in bester Laune aus seinem alten Ford und schob seine Sonnenbrille ins Haar.

»Niemand«, sagte Bob schroff.

»Komm, sei mal ein bisschen fröhlich, Bob!« Zack grinste.
»Ich bin fröhlich!«
»Ja, sicher.« Zack drehte sich zu Peter. »Hey, Shaw! Hat dein Alter dir den Kram mitgegeben, den wir brauchen?«
Peters Vater arbeitete in Hollywood beim Film und war für Spezialeffekte zuständig. Dabei musste er sich nicht nur mit Computerprogrammen auskennen, sondern bastelte auch täuschend echte Attrappen und trickreiche Requisiten. Mrs Shaw und Peter waren es längst gewohnt, hin und wieder ein künstliches Auge auf dem Frühstückstisch oder einen täuschend echten Piranha in der Badewanne zu finden.
»Das hat er«, bestätigte Peter stolz. »Ich habe die Zutaten für mehrere Liter Filmblut, zwei Plastikbeile und eine ziemlich echt aussehende Schlange, die sich über eine Batterie selbst bewegen kann.«
»Perfekt! Die Schlange trägt Mary-Ann dann um den Hals, wenn sie Ruby spielt. Jede Jugendbande hat schließlich ein Haustier.« Zack lächelte zufrieden. »Na, dann wollen wir doch mal in unser Verderben laufen, was?« Alle drehten sich zu dem eindrucksvollen Gemäuer, das in der flirrenden Nachmittagssonne vor ihnen lag.
Mary-Ann hob schützend die Hand vor die Augen. »Es sieht so aus, als würde es dunkle Geheimnisse hüten!«
»Jetzt sag nicht, dass du das Haus gruselig findest, Mary!« Frank hob seine Reisetasche aus Mary-Anns Kofferraum. »Du musst dir wirklich mal stärkere Nerven zulegen!«
Einer nach dem anderen schritten sie durch einen hohen Torbogen. Ein schmaler Gang führte direkt in einen sonnendurchfluteten Innenhof. Hier gab es ein paar Gartenstühle, einen wackeligen Tisch und einen Pool, der mit altmodi-

schen Fliesen gekachelt war. Das Wasser hatte eine seltsame Farbe angenommen. Es war hellgrün und so milchig, als hätte man Badezusätze hineingekippt. Blätter schwammen auf der Oberfläche und man konnte den Grund nicht sehen.

»Ich vermute, das Ding ist seit Jahrzehnten nicht mehr gereinigt worden und es haben sich verschiedene Algensorten gebildet«, sagte Justus.

»Zum Baden lädt es nicht gerade ein«, fand Peter. »Vor allem dann nicht, wenn darin tatsächlich schon mal jemand ertrunken ist!«

Justus warf dem Zweiten Detektiv einen warnenden Blick zu. Doch offenbar hatten die anderen aus der Gruppe den letzten Satz nicht gehört.

»Seht euch das an!« Zacks Stimme kam aus dem Haus. Sie folgten ihm durch eine breite Flügeltür in einen großen Raum.

Justus sah sich neugierig um. Der Putz bröckelte von den Wänden und die wenigen Möbel waren mit weißen Tüchern abgedeckt. Er hatte gehofft, dass es im Haus deutlich kühler war als draußen. Doch merkwürdigerweise traf das kaum zu. Unter den hohen Decken hatte sich die Sommerhitze gestaut und die Luft war erdrückend schwül.

»Na, wenn das mal nicht Pinocchios böse Verwandte sind!« Zack stand in einer Ecke des großen Raumes. Dort hingen ein gutes Dutzend Marionetten. Jede von ihnen war etwa einen Meter lang und höchst kunstvoll gefertigt. Auf den ersten Blick konnte Justus einen Harlekin erkennen, der ein buntes Stoffgewand und eine Kappe mit Glöckchen trug. Dann war da die Figur einer Königin mit langen blonden Haaren, die ihr schmales Holzgesicht umrahmten. Die Puppe

dahinter war ein unheimlicher Vogelmensch, dessen Kleider mit Federn geschmückt waren.
»Diese Marionetten müssen uralt sein!« Frank trat näher an einen König, der ein aufwendig geknüpftes Kettenhemd mit einem Wappen trug.
»Die sehen alle nicht gerade freundlich aus«, sagte Peter. »Und noch weniger gefällt mir diese Puppe hier!« Er deutete auf eine Figur, die etwas abseits hing. Unter der zerschlissenen Kutte zeichnete sich ein blanker Totenschädel ab, dessen Mund zu einem breiten Grinsen verformt war. In seiner rechten Skeletthand hielt er eine Sense. »Das ist also der besagte Tod.«
»Wir sollen die Puppen nicht anfassen«, bemerkte Justus sachlich. »Sie könnten beschädigt werden.«
»Und den Kreis hier sollen wir auch nicht kaputt machen.« Peter deutete auf die weiße Kreidelinie, die sich über die bunten Bodenfliesen zog.
»Was ist das?«, fragte Mary-Ann besorgt.
»Ach, nur ein Aberglaube«, versicherte ihr Bob.
»Nicht drauftreten!«, ermahnte Peter Zack, als er einen Schritt zurück machte.
»Es wird schon nichts passieren!« Justus bückte sich und untersuchte die Linie. »Das hier ist einfach nur Kreide. Nicht mehr und nicht weniger. Und wenn man sie verwischen würde …«
»Nicht!« Peter machte einen Satz auf Justus zu. Der zog seine Hand zurück. »Beruhige dich! Ich werde das Ding schon nicht verwischen.«
Mary-Ann riss die Augen auf. »Ihr verheimlicht uns doch etwas!«

»Es ist ein Bannkreis«, erklärte Peter und erntete prompt einen strengen Blick von Justus.
»Ein Bannkreis?«, echote Zack.
»Bannkreise schützen vor schwarzer Magie!« Mary-Ann sprach so leise, dass die anderen sie kaum verstehen konnten.
»Und deshalb lassen wir diesen Kreis auch so, wie er ist.« Peter verschränkte die Arme. »Dann kann die böse Macht nicht raus und wir können in Ruhe unseren Film drehen.«
»Also wenn man sie verwischen würde, wäre das sicherlich nicht tragisch.« Justus sah seinen Freund belustigt an. »Aber Mrs Sciutto hat uns gebeten die Linie so zu lassen, wie sie ist.« Er stand wieder auf. »Ach ja: Sie hat uns erlaubt alle Zimmer des Hauses zu benutzen. Nur beim Dachboden sollen wir vorsichtig sein. Die Treppe ist morsch.«
Zack zuckte die Achseln. »Was sollen wir schon auf dem Dachboden wollen? Und wenn doch mal einer von uns hochmuss, haben wir dafür ja unseren Supersportler Peter.«
Den letzten Satz überhörte der Zweite Detektiv geflissentlich. Statt eines Kommentars sah er in die Runde. »Na, wer hat Lust, den Rest vom Haus unter die Lupe zu nehmen?«

»Das Haus mag ja einen gewissen Charme haben, aber es ist eine Bruchbude!« Latona hatte sich neben einen alten Messerblock auf den Küchentisch gesetzt und schaute Frank und Justus dabei zu, wie sie den Sicherungskasten überprüften.
»Die Elektrik ist jedenfalls nicht vertrauenswürdig«, gab Justus zu.
»Stimmt. Im Flur hängen Kabel aus der Wand.« Latona rutschte von der Arbeitsplatte hinunter. »Da sollte man besser

nicht drankommen, sonst wird man geröstet!« Sie betrachtete sich in einem Spiegel, der vor lauter Staub und Fliegendreck halb blind war.
»Vielleicht ist das Haus ja von bösen Geistern besessen.«
»Also ich für meinen Teil glaube nicht an Geister, Lonata«, sagte Frank ruhig.
»Lonata? Ich heiße Latona, genau wie die römische Göttin«, erwiderte das Mädchen. »Sie war übrigens eine interessante Person.«
»Mir sind die Figuren der griechischen und römischen Mythologie durchaus bekannt«, sagte Justus.
»Ich weiß. Auf deinem Schülerausweis steht, dass du mit zweitem Namen ›Jupiter‹ heißt, wie der römische ...«
»Wann hast du meinen Ausweis gesehen?«, unterbrach Justus das Mädchen.
»Vorhin. Dein Rucksack stand offen. Und ich muss ja wohl wissen, mit wem ich hier unter einem Dach bin, oder?«
Justus schluckte eine ärgerliche Antwort runter. Bevor er sich etwas Schlagfertiges überlegen konnte, wechselte Frank jedoch das Thema.
»Wo sind eigentlich die anderen?« Er sah von seiner Arbeit auf.
»Zack und Bob kümmern sich schon um die Ausrüstung für die erste Außenszene«, sagte Latona gleichgültig.
»Und Peter?«
»Ist hier!« Peter und Mary-Ann traten in die Küche. »Wir haben die restlichen Räume abgeklappert.«
»Und?«
»Im Erdgeschoss gibt es ein leeres Zimmer, in dem wir die Filmsachen abstellen können. Daneben befindet sich eine

Mischung aus Werkstatt und Arbeitszimmer. Das sollten wir besser nicht benutzen, sonst bringen wir da noch was durcheinander. Oben im ersten Stock haben wir drei bewohnbare Schlafzimmer, eine Kammer und ein Bad gefunden. Das Wasser läuft, aber es sieht nicht gerade frisch aus.«

»Ich sage es ja, das Haus ist eine Bruchbude. Wenn wir hier alle lebend wieder rauskommen, ist das reines Glück!« Latona grinste. »Ich bringe meine Sachen aufs Zimmer. Und wenn ich wiederkomme, mische ich das Filmblut für den Dreh an, okay?«

»Sie ist mir unheimlich«, sagte Mary-Ann, als Latona außer Hörweite war.

»Kaum zu glauben, dass es tatsächlich jemanden gibt, der sich leichter erschrecken lässt als Peter.« Justus lachte.

Mary-Ann jedoch blieb ernst. »Ich habe noch nie einen Menschen mit so kalten Augen gesehen!«

»Kelly war auch ziemlich sauer, als ich ihr erzählt habe, dass Latona für sie eingesprungen ist«, sagte Peter. »Sie hat sogar kurz überlegt, ob sie trotz Lebensmittelvergiftung herkommen sollte. Schließlich ist Latona ziemlich hübsch.«

Mary-Ann nickte. »Das ist sie.«

»Aber ich würde trotzdem nicht mit ihr ausgehen wollen«, erklärte Peter mit Nachdruck. »Sie hat so etwas Beunruhigendes an sich.«

»Wahrscheinlich ist sie ja wirklich eine Hexe!«, sagte Justus sarkastisch.

»Nein, im Ernst, Just!«

»Peter!«

»Schon gut.« Der Zweite Detektiv schnappte sich ein Stativ. »Ich gehe raus und helfe Bob. Wenn der weiter alleine mit

Zack arbeiten muss, wird er noch sauer. Kommst du mit, Mary?«
»Ja.« Mary-Ann starrte gedankenverloren in einen leeren Vogelkäfig neben der Fensterbank. Dann drehte sie sich abrupt zu den Jungen um. »Lasst uns mit den Dreharbeiten beginnen, solange wir noch Tageslicht haben. Ich möchte lieber fertig sein, wenn die Sonne untergeht!«

Tod oder Wahrheit

Als endlich die ersten Szenen im Kasten waren, lag die Dunkelheit bereits wie eine schwarze Decke über dem Anwesen. Im trockenen Gras vor dem Haus zirpten die Grillen.

»Wenn das so weitergeht, schaffen wir die Dreharbeiten und den Fall nie an einem Wochenende!« Bob war sichtlich unzufrieden, als er mit Justus und Peter die Kabel aufrollte.

»Ja, leider. Zudem sollten wir uns langsam um unseren Auftrag kümmern. Dazu gehört auch, dass wir die Marionetten untersuchen.« Justus sah auf die Uhr. »Zum Glück haben wir erst morgen Küchendienst. Wenn die anderen Abendessen machen, kümmern wir uns um die Puppen.«

»Vielleicht finden wir ja eine einfache Erklärung für den ganzen Zauber«, meinte Peter hoffnungsvoll. »Lautsprecher oder so was.«

»Genau das ist unsere Aufgabe.« Justus schnappte sich einen der Koffer und sie steuerten den Hauseingang an. »Möglicherweise ist der Fall jedoch bereits verjahrt. Immerhin ist Mrs Sciutto schon vor einem Jahr ausgezogen. Falls damals jemand versucht hat sie aus dem Haus zu jagen, hat er das geschafft.«

»Meinst du, dass jemand hinter dem Geheimnis der Marionetten her war?«, wollte Bob wissen.

»Vermutlich der Tod höchstpersönlich«, murmelte Peter, der prompt einen belustigten Blick von Justus erntete. »So viel dazu, dass du nur ein bisschen abergläubisch bist.«

»Ich habe nur Spaß gemacht!«, verteidigte sich Peter.
Im Haus hörten die drei ??? gedämpfte Stimmen, die aus der Küche kamen. Anscheinend waren Frank, Zack und die beiden Mädchen schon dabei, das Abendessen vorzubereiten. Der große Raum im Erdgeschoss war leer.
»Seht mal, der Kreis ist noch da!«, sagte Peter erleichtert.
»Alles ist unverändert.« Bob trat näher an die Marionetten heran. Auch wenn sie nur aus Holz und Stoff waren, wirkten sie unheimlich lebendig. Bob hatte das Gefühl, als würden ihre Augen ihm stets folgen.
Vorsichtig besah sich Justus die Figur des Todes. Sein Blick glitt hinauf zu den Fäden, die an Armen, Beinen und Kopf befestigt waren. Sie liefen zu großen Doppelkreuzen aus Holz, die wiederum an einem Balken unter der Decke befestigt waren. »Ich kann nichts Ungewöhnliches feststellen. Eventuell wird es nötig sein, die Kleidung zu untersuchen.«
»Fragt sich nur, wonach wir suchen«, bemerkte Bob, der den Vogelmenschen betrachtete.
»Vielleicht finden wir ja das Herz von dem alten Sciutto!« Peter nahm sich den König mit dem Kettenhemd vor. Nach einer gewissenhaften Untersuchung zuckte er die Schultern. »Also hier sind aber weder Lautsprecher noch Herzen – oder sonst was. Der Typ ist der reinste Ken.«
»Wer ist Ken?«, fragte Justus, der sich dem Harlekin zugewendet hatte.
»Der Freund von Barbie. Auch so eine unheimliche Puppe.« Bob grinste. »Hey, seht mal hier!« Er deutete auf die Königinnenfigur. »Sie trägt ein Medaillon um den Hals.« Vorsichtig öffnete er das Schmuckstück. Es enthielt ein schwarz-

weißes Foto von einem kleinen Jungen und einen winzigen Zettel, auf dem stand: *Mein sterbendes Herz ist der Schlüssel.*

»Wer ist das?« Peter beugte sich vor, um das Foto besser betrachten zu können.

Geschickt löste Justus das Foto aus dem Medaillon. Er drehte es um. In zierlichen Buchstaben stand dort: *Federico, 1964.*

»Von einem Federico war bislang aber nicht die Rede.« Bob besah sich das Bild. »Möglicherweise einer der verstorbenen Söhne der Sciuttos.«

»Und was soll das mit dem sterbenden Herz?« Peter deutete auf den Schriftzug.

»Vielleicht das Herz von diesem Federico«, meinte Bob.

»Es könnte eine Warnung sein!« Peter versuchte das Foto wieder im Medaillon zu verstauen, was gar nicht so einfach war. »Oder es bedeutet, dass auch diese Puppen sterben können.«

»Ich dachte, du glaubst nicht an ewig lebende Marionetten-Meister!« Bob grinste. »Abgesehen davon können nur Dinge sterben, die auch mal gelebt haben. Diese Puppen sehen zwar lebendig aus, aber sie sind es nicht.«

»Pass auf!«, ermahnte Justus den Zweiten Detektiv, als sein Freund das Foto jetzt mit Nachdruck zurück in den Rahmen quetschte. »Wir sollten alles so hinterlassen, wie wir es vorgefunden haben.«

»Es hat ja nur einen kleinen Knick abbekommen.« Peter klappte das Schmuckstück zu. Dann untersuchte er das Kleid der Marionette.

»Gleich gibt es was zu futtern!«, rief Zack quer durch den Raum. Er hatte die Küchentür geöffnet und trug ein Tablett vor sich. »Ihr seid ja immer noch mit den Puppen zugange! Na, was trägt die Lady unter dem Rock, Shaw?«

Peter ließ den Stoff los. »Wir haben uns nur für die Handwerkskunst interessiert!«
»Schon klar.« Zack balancierte das Tablett durch die große Flügeltür in den Innenhof. »Helft ihr mir?«

Fünf Minuten später war der alte Gartentisch neben dem Pool gedeckt und ein paar dicke Kerzen sorgten für Licht. Die Außenbeleuchtung hatten sie lieber nicht eingeschaltet, da sie einen Wackelkontakt hatte.
»Dass es nicht mal abends etwas kühler wird!« Zack zupfte an seinem T-Shirt herum, das von oben bis unten mit Filmblut bespritzt war. »Zu blöd, dass man den Pool nicht benutzen kann. Ich könnte eine Erfrischung vertragen.«
»Wie wäre es mit einer Limonade?« Frank brachte ein weiteres Tablett mit Gläsern.
»Gibt es Rotwein?« Latona ließ ihre Beine in das trübe Wasser des Pools baumeln.
»Also ich bin mit Limonade sehr zufrieden, danke, Frank!« Peter nahm einen Schluck und setzte sich an den Tisch. »Außerdem habe ich einen Bärenhunger.«
»Ich glaube, ich bekomme keinen Bissen runter.« Mary-Ann stocherte auf ihrem Teller herum. »Jetzt, wo es dunkel ist, finde ich diesen Ort noch bedrückender als bei Licht!«
»Weil die Oma gesagt hat, dass wir uns hier vor dem Tod in Acht nehmen sollen?«, fragte Zack mit vollem Mund.
»Was ist, wenn sie Recht hat?«, verteidigte sich Mary-Ann. »Sie hat uns ausdrücklich gewarnt!«
»Also bislang siehst du noch recht lebendig aus, wenn man mal von deiner krankhaften Blässe absieht. Iss etwas, dann geht es dir besser«, empfahl Latona schnippisch.

»Wo wir gerade beim Thema ›Tod‹ sind!« Zack senkte die Stimme. »Wusstet ihr, dass hier mal eine Frau ertrunken ist? Vermutlich im Pool!«

»Es gab hier eine tote Leiche?«, fragte Mary-Ann entsetzt.

»Ist doch besser als eine lebendige Leiche«, sagte Latona unbeeindruckt.

»Wenn man von der Elektronik im Haus absieht, gibt es hier rational betrachtet keine Gefahr.« Justus ließ sich von Frank Limonade nachschenken. »Und über die Sache mit dem Pool wissen wir doch kaum etwas.«

»Wie gut, dass ich meinen Freischwimmer habe, was?« Zack grinste in die Runde. »Und was machen wir jetzt, bis der Tod kommt?«

»Wir könnten ein Spiel spielen«, mischte sich Latona ein. »Aber bitte lasst uns was unternehmen, bevor wir vor lauter Langeweile sterben.«

»Und was schlägst du vor? ›Mensch ärgere dich nicht‹ oder ›Schwarzer Peter‹?«

»Besser wäre ein Ratespiel«, meinte Frank. »Oder etwas, wo jeder von uns eine Aufgabe lösen muss. Hauptsache, wir spielen nicht ›Tat oder Wahrheit‹.«

»Okay, dann bin ich für ›Tat oder Wahrheit‹.« Latona grinste Frank an und schnappte sich die leere Limonadenflasche vom Tisch.

»Was ist das für ein Spiel?«, fragte Mary-Ann unsicher.

»Ganz einfach: Man dreht eine Flasche und der, auf den sie schließlich zeigt, kann zwischen ›Tat‹ oder ›Wahrheit‹ wählen. Bei ›Tat‹ muss man eine Aufgabe erledigen und bei ›Wahrheit‹ eine Frage beantworten.«

»Ich kann albernen Partyspielen nichts abgewinnen«, sagte

Justus. »Außerdem müssen wir alle morgen sehr früh aufstehen!«
»Angst vor der Wahrheit?« Latonas stechender Blick war auf den Ersten Detektiv gerichtet.
»Ich habe nie Angst«, gab Justus zurück. »Ich weiß, dass es nur ein Gefühl ist, das sich unterdrücken lässt.«
»Was nicht immer gut ist!« Frank beobachtete ein paar Motten, die um die Kerzen tanzten.
»Was?«
»Die Unterdrückung von natürlichen Impulsen. Allerdings muss betont werden, dass Sublimierung auch zum Erreichen von höheren Zielen führen kann. Das hat schon Sigmund Freud erkannt.«
Zack hob eine Augenbraue und brachte ein lang gezogenes »Aha!« hervor.
Justus hingegen sah aus, als würde er sich nur zu gerne auf eine wissenschaftliche Diskussion mit Frank einlassen. Den Gefallen tat ihm Latona jedoch nicht.
»Wie wäre es, wenn wir jetzt einfach anfangen würden?« Sie legte die Flasche auf den Boden. »Los, kommt. Ihr müsst euch alle in einen Kreis setzen.«
Mehr oder weniger widerwillig nahmen sie alle Platz auf den warmen Fliesen. Schon drehte Latona die Flasche und das Spiel begann. Zuerst war es harmlos. Die Auserwählten entschieden sich alle für »Wahrheit«. Als Zack an der Reihe war, kamen jedoch die ersten unangenehmen Fragen, auf die niemand gerne antworten wollte. Auch Latona fand nun Gefallen daran, Dinge zu fragen, die ihren Mitspielern peinlich waren. Als die Flasche auf Peter zeigte, entschied er sich daher für »Tat«.

»Okay, wenn du nicht reden willst, musst du eben fühlen.« Latona grinste breit. Sie durfte die Tat aussuchen. Das dunkelhaarige Mädchen machte eine wirkungsvolle Pause. Dann sagte sie: »Gehe einmal im Dunkeln bis zur Dachbodentreppe und dann wieder zurück.«

»Das ist doof!«, beschwerte sich Zack. »Ich hätte eine viel bessere Idee!«

»Du bist aber nicht an der Reihe.«

Langsam stand Peter auf. Natürlich war es keine wirklich schlimme Aufgabe. Peter hatte als Detektiv schon unheimlichere Dinge tun müssen. Besonders wohl fühlte er sich allerdings trotzdem nicht, als er das Haus betrat. Durch die hohen Fenster fiel nur das spärliche Licht der Kerzen in die Räume. Lange Schatten glitten langsam über den Boden. Peter war es, als würden sich auch die Marionetten bewegen. Aber das konnte nicht sein. Justus hatte es ja auf den Punkt gebracht: Rational betrachtet gab es hier keine Gefahr. Außerdem war der Kreidekreis noch unbeschädigt. Peter lächelte zaghaft. Solange der Kreis heil war, hatte er nichts zu befürchten.

Als er schließlich wieder auf die Terrasse trat, strahlte Peter von einem Ohr zum anderen. Er hatte den Rundgang durch die Dunkelheit nicht nur überstanden, sondern sich nicht mal richtig gefürchtet. »Das war echt ein Kinderspiel!«, sagte der Zweite Detektiv mit einem triumphierenden Blick auf Justus. Sollte sein Freund doch sehen, dass er kein Angsthase war!

Nun war es an Peter, die Flasche zu drehen und das Spiel fortzusetzen. Ihm folgten Mary-Ann und danach Latona. Bei ihrer Runde zeigte die Flasche auf Justus. Der Erste Detektiv seufzte ergeben.

»Tat oder Wahrheit?«

»Tat.«

»Fein.« Latona sah ihm geradewegs in die Augen. »Dann darfst du jetzt ein Bad im Pool nehmen.«

»Wie bitte?«

»Du hast schon richtig verstanden. Geh baden!«

Justus stand langsam auf und nahm die Wasserfläche in Augenschein. Im flackernden Kerzenlicht schien sich das Wasser unentwegt zu kräuseln. Justus zögerte. Es gefiel ihm nicht, in das trübe Wasser zu steigen. Er wusste nicht, was am Grund des Pools wartete. Unwillkürlich musste er an die Frau denken, die hier vermutlich ertrunken war. Trotz der Hitze bildete sich eine feine Gänsehaut auf Justus' Armen. Er hörte sein eigenes Blut unnatürlich laut durch seine Ohren rauschen.

»Worauf wartest du?«, fragte Latona.

Der Erste Detektiv unterdrückte das aufsteigende Gefühl von Panik. Sein Herz begann merklich zu pochen. Er zwang sich ruhig zu atmen. Dann sagte er so gelassen wie möglich: »Ich habe keine Badesachen dabei.«

»Na und?«

»Spring einfach rein! Mit Kleidern!«, empfahl Peter.

»Ausziehen!«, forderte Latona.

»Ich mache das nicht!« Justus verschränkte die Arme.

»Feigling! Dann eben mit Hose«, rief Zack.

»Nein, ich meine die ganze Aufgabe. Bei ›Tat oder Wahrheit‹ muss man harmlose Dinge machen, nicht so etwas.«

»Also wirklich, Just!«, sagte nun auch Peter. »Du führst dich auf, als würden wir ›Tod oder Wahrheit‹ spielen.«

Justus sprach nicht aus, dass er genau das gedacht hatte. Ein Schauer lief ihm über den Rücken.

»Angst?« Peter war sichtlich zufrieden mit der Situation. Es war selten, dass sich Justus etwas nicht traute.

»Lass ihn.« Bob warf dem Zweiten Detektiv einen strengen Blick zu.

»Ich mache das morgen.« Justus setzte sich wieder hin. »Vorher muss ich den Pool etwas genauer inspizieren.«

»Das kann ich gut verstehen«, sagte Mary-Ann. »Ich würde auch um nichts in der Welt in dieses Wasser steigen.«

»Das gilt aber nicht! Dir ist schon klar, dass du jetzt wenigstens eine Wahrheits-Frage beantworten musst, Jonas.« Zack grinste bis über beide Ohren. Latona lehnte sich zurück. »Mal sehen, was mir so einfällt.«

Mit einem Mal war sich Justus gewiss, dass ihm ein schreckliches Wochenende bevorstand. Vielleicht das schlimmste seines Lebens.

Besessen

Um Mitternacht hatte niemand mehr Lust auf ein weiteres Spiel. Es war immer noch ungewöhnlich heiß und schließlich waren alle so müde geworden, dass sie kaum noch die Augen aufhalten konnten. Nach einer sehr kurzen Zwischenstation im Bad lagen die drei ??? endlich in ihrem Schlafzimmer.

»Ich hätte gerne einen Ventilator!«, beschwerte sich Peter schlaftrunken. »Oder eine Klima…« Der Rest des Satzes ging in einem Schnarcher aus dem Nebenzimmer unter.

»Jaja«, machte Justus nur.

Davon bekam Bob schon nichts mehr mit. Der dritte Detektiv war längst auf seiner Luftmatratze eingeschlafen. Im Gegensatz zu Justus träumte er normalerweise nichts Aufregendes. Doch heute Nacht wurde er von wirren Albträumen heimgesucht. Ein Plastikkrokodil schwamm durch den Pool und fraß Enten, während Latona über dem Wasser schwebte und unzusammenhängende Worte sprach. Plötzlich warfen die Enten eine Tür zu. In diesem Moment wachte Bob auf. Die Enten, der Pool und Latona verschwanden und er sah das Dunkel des Schlafzimmers.

»Was ist los?« Bob sah aus den Augenwinkeln, wie sich Peter im Bett aufsetzte. Der Zweite Detektiv wirkte desorientiert. »War das unsere Tür?«, fragte er.

»Ich weiß nicht. Sei mal leise!«, antwortete Bob. Er lauschte in die Dunkelheit. Zuerst hielt er es für eine Täuschung, aber dann war er sich sicher: Auf dem Flur waren Stimmen zu hören. Flüsternde Stimmen, die in einer fremden Sprache redeten.

»Das klingt komisch«, meinte Bob unbehaglich.

»Ich wecke lieber Justus!«, murmelte Peter.

»Mach das!«

»Bob?«

»Was denn noch?«

»Justus ist weg!«

»Was?« Fahrig tastete Bob nach der kleinen Nachttischlampe, die neben seiner Luftmatratze auf dem Boden stand. Kurz darauf war der Raum in ein trübes Licht getaucht.

»Vielleicht ist er kurz auf die Toilette gegangen.«

»Oder es ist etwas passiert!«

»Du hast Recht. Wir sollten nachschauen, was da draußen los ist«, sagte Bob widerwillig.

»Mrs Sciutto hat was von körperlosen Stimmen gesagt. Denen will ich nicht begegnen.«

»Eine körperlose Stimme kann dir aber nichts anhaben«, wandte Bob ein. Er klang nicht sehr überzeugend.

Gemeinsam gingen sie auf den Flur hinaus. Peter leuchtete mit seiner Taschenlampe den Weg. Bevor Bob irgendetwas sehen konnte, blieb der Zweite Detektiv abrupt stehen. »Himmel!«, entfuhr es ihm. »Sieh dir das an!«

Bob blinzelte zweimal. Er hatte seine Kontaktlinsen vor dem Schlafengehen abgelegt, aber selbst ohne sie konnte er sehen, dass etwas auf die gegenüberliegende Wand geschrieben war. In großen roten Buchstaben stand dort: *Lasciate ogni speranza, voi ch'entrate!*

»Was heißt das? Und vor allem: Wer war das?« Peter schaute sich nervös im Flur um.
Die Stimmen waren wieder verstummt. Dafür hörten die beiden Detektive Schritte. Peter leuchtete hektisch in die Richtung, aus der das Geräusch gekommen war.
»Justus!« Der Zweite Detektiv war erleichtert, als er im Lichtkegel die Umrisse seines Freundes erblickte.
»Justus?«, fragte Bob vorsichtig nach. Im Gegensatz zu Peter hatte er den Verdacht, dass etwas nicht stimmte. Justus bewegte sich nicht wie sonst, seine Schritte wirkten ferngesteuert, so als habe jemand anders die Kontrolle über ihn. Der Anführer der drei ??? reagierte auch nicht auf seine Freunde. Mechanisch ging er auf eine Tür zu.
»Nicht, Just, da schlafen die Mädchen!«, rief Peter.
»Geht es dir gut?«, fragte Bob eindringlich.
»Ach du Schande!« Peter packte Bob am Arm. »Schau ihn dir an!« Der Lichtkreis der Lampe huschte erneut über den Ersten Detektiv. Dieser starrte seine Freunde mit leerem Blick an. Auf seinen Lippen lag der Anflug eines merkwürdigen Lächelns und in seiner rechten Hand hielt er ein Stück rote Kreide.
Bob holte tief Luft. Das musste ein Traum sein!
»Warum tust du das, Just?«, fragte Peter mit zitternder Stimme. »Hast du etwa die Botschaft an der Wand hinterlassen? Und seit wann kannst du Italienisch?«
Justus machte einen Schritt auf Peter zu, als würde ihn das Licht der Lampe magisch anziehen.
»Peter, mit ihm stimmt etwas nicht!«, raunte Bob.
»Geh weg!«, keuchte der Zweite Detektiv, als Justus langsam näher kam. »Weiche von mir!«

Bevor Justus reagieren konnte, flog die Tür des Mädchenzimmers auf. Latona spähte auf den Flur.

»Könnt ihr euch vielleicht woanders unterhalten? Mary-Ann hat euch schon für Gespenster gehalten. Sie ist ganz krank vor Angst!«

»Da lag sie gar nicht so falsch«, sagte Peter. »Wir haben es tatsächlich mit Geistern zu tun.«

»Was ist denn los?« Nun tauchte auch Mary-Ann auf. Ängstlich musterte sie die drei Detektive.

»Ich glaube, die Marionetten haben Besitz von Justus ergriffen!«, brachte Peter mühsam heraus.

Mary-Ann sah aus, als hätte man soeben einen Eimer Eiswasser über ihr ausgeschüttet. »Um Himmels willen! Wir brauchen … einen … Exorzisten!«

»Was?«

»Wir brauchen jemand, der den Geist aus seinem Körper vertreiben kann!«

»Justus?« Bob ging vorsichtig auf seinen Freund zu. Der Erste Detektiv schwankte leicht. Die Kreide rutschte aus seinen Fingern und fiel auf den Boden.

»Nimm das Kreuz!« Mary-Ann reichte Bob ihre Halskette.

Bob winkte ab. »Das hier ist doch kein Horrorfilm!«

»Es ist aber sicherer so!« Peter schnappte sich das Kreuz und hielt es Justus vors Gesicht. »Weiche von uns, Marionetten-Dämon!«

Justus reagierte nicht. Er starrte einfach nur durch sie hindurch. Peter schwang die Kette hin und her.

»Lass das!«, sagte Bob ärgerlich. »Wir dürfen ihn nicht wecken!«

»Wieso wecken? Er ist von einer Marionette befallen!«

»Ihr habt sie ja nicht mehr alle!« Latona schob die Jungen beiseite. »Nimmt er Drogen?«
»Nein!«, sagte Peter empört.
»Lass mich mal ran!« Das schwarzhaarige Mädchen trat vor und gab dem Chef der drei ??? eine saftige Ohrfeige. Die Wirkung war erschreckend: Justus riss die Augen auf. Dann schrie er unvermittelt los. Vor Schreck ließ Peter die Lampe fallen. Sie erlosch und rollte über den Fußboden, während Justus unaufhörlich weiter schrie und schrie, ohne Luft zu holen. Mary-Ann stimmte in der Dunkelheit mit ein – hysterisch und laut. Bob merkte, dass jemand um sich schlug. Ob es Justus oder Mary-Ann war, konnte er nicht erkennen. Er bekam etwas zu fassen. Ein Mensch? Nun setzte auch Peter in das ohrenbetäubende Gebrüll ein. Bob versuchte die Lampe aufzuheben, stieß dabei jedoch gegen einen Körper und stürzte der Länge nach hin.
In dem Moment ging das Flurlicht an. Eine Sekunde lang war Bob geblendet. Rote Punkte tanzten vor seinen Augen. Dann sah er Frank am Lichtschalter. Ein paar Meter weiter saß Peter gekrümmt am Boden und hielt sich schützend die Hände über den Kopf. Mary-Ann rannte tränenüberströmt auf und ab und Justus starrte verstört in die Runde.
»Was ist hier los?«, stammelte Zack, der direkt neben Bob stand. Anscheinend war er es, der mit Bob zusammengestoßen war.
»Ich würde sagen, ein spontaner Ausbruch von Massenhysterie!«, sagte Latona seufzend. Wenig zartfühlend packte sie Mary-Ann am Arm. »Krieg dich wieder ein!«
»Wir brauchen einen Exorzisten!«, heulte Mary-Ann atemlos. »Wir brauchen einen Exorzisten. Einen Exorzisten!«

»Es reicht, wenn du es einmal sagst.« Latona klopfte dem blonden Mädchen auf die Schulter, als wäre sie ein Pferd. »Und ich denke, wir kommen ohne so einen Quatsch aus.«
»Wo bin ich?«, fragte Justus mit rauer Stimme. Er sah verzweifelt von einem zum anderen.
»Ich glaube, der Marionetten-Dämon hat ihn verlassen.« Peter stand mit zitternden Beinen auf. »Du hast uns einen ganz schönen Schreck eingejagt, Just!«
»Ich rufe einen Arzt!«, sagte Frank.
»Ruf lieber einen Dämonenjäger!« Mary-Ann weinte noch immer. »Oder einen Exorzisten.«
»Das ist echt unheimlich!«, meinte nun auch Zack, der bislang nur teilnahmslos neben Bob gestanden hatte.
»Mir ist nicht gut!« Justus setzte sich auf den Boden.
»Verdammt! Du bist ganz blass und verschwitzt.« Latona strich ihm eine Franse seines schwarzen Haars aus dem Gesicht. »Tut mir übrigens leid, dass ich dich geschlagen habe.«
»Ich verstehe das alles nicht!« Justus sah zu ihr auf. »Das Letzte, an das ich mich erinnern kann, ist, dass ich ganz normal ins Bett gegangen bin.« Der Erste Detektiv sah aus, als würde er gleich umkippen.
»Mist, kein Empfang!«, tönte es in dem Moment aus dem Nebenzimmer.
»Frank holt einen Arzt«, erklärte Bob.
»Warum?«, murmelte Justus.
»Weil du anscheinend krank bist!«
»Du warst von einem Geist besessen und hast die Wand beschrieben.«
Frank erschien wieder im Flur. »Soll ich in die Stadt fahren und einen Arzt holen?«

»Ich könnte dich gesund hexen«, schlug Latona belustigt vor.
»Soweit ich es beurteilen kann, geht es ihm schon wieder besser«, mischte sich Bob ein.
»Also ich würde einfach gerne noch eine Runde schlafen«, sagte Justus matt.
»Ich weiß nicht, ob das gut ist.« Frank machte ein besorgtes Gesicht.
»Wenn es ihm morgen immer noch schlecht geht, können wir ihn ja nach Rocky Beach bringen«, meinte Zack, während er die Schrift an der Wand studierte. »Was heißt das überhaupt? So etwas wie ›Pizza mit Salami und Käse‹?«
»Es ist ein Zitat aus Dantes Göttlicher Komödie«, bemerkte Frank.
»Wie gut. Komödien sind lustig. Dann ist es etwas Harmloses!« Peter entspannte sich etwas.
»Der italienische Dichter Dante beschrieb in diesem langen Gedicht allerdings seine Wanderung durchs Jenseits«, entgegnete Frank. Er kratzte sich den Kopf. »Das Zitat ist recht bekannt. Übersetzt heißt es so viel wie ›Lasst alle Hoffnung fahren, wenn ihr eintretet‹. Es ist laut Dante die Inschrift auf dem Tor zur Hölle.«
»Und das habe ich geschrieben?« Justus sah hinab auf seine Hände, an denen immer noch rote Kreidereste klebten. »Ehrlich gesagt kenne ich Dantes Texte nur in der Übersetzung.«
»Die Marionetten haben dich das schreiben lassen. Es ist eine Warnung an uns.« Peter fuhr sich nervös durchs Haar. »Gut, dass wir dich geweckt haben. Sonst hätten sie dich am Ende noch zu sich gelockt, damit du den Bannkreis verwischst!«

»Ich will nach Hause!« Mary-Ann liefen erneut Tränen über das blasse Gesicht. »Ich will einfach nur noch nach Hause!«
»Und ich will nicht mit Justus in einem Zimmer schlafen!«, meldete sich Peter zu Wort.
»Ihr könntet ihn einsperren! Dann kann er uns nichts antun, falls er erneut heimgesucht wird!«, schlug Mary-Ann vor.
»Oder ihn mit Handschellen ans Bett fesseln«, mischte sich Latona ein.
»Ja, das machen wir!« Peter sah erleichtert aus.
»So weit kommt es noch!« Justus warf seinem Freund einen bösen Blick zu.
»Ihr müsst ihn fesseln, bis die Sonne aufgeht!«, bat Mary-Ann. »Sonst ist hier keiner sicher!«
»Ich pass schon auf dich auf!« Latona schob sie ins Mädchenzimmer. »Morgen sieht die Welt gleich ganz anders aus.«
»Ich kann jetzt nicht schlafen«, beschwerte sich Zack, als die Jungen unter sich waren. »Ich bin zu aufgekratzt von dem Schreck und dem ganzen Geschrei. Mein Puls ist absolut im Wach-Modus.«
»Wir können im Zimmer ja noch eine Runde Karten spielen«, schlug Frank vor. »Davon wird man schnell müde.«
Zack willigte ein und die beiden verschwanden in ihrem Zimmer. Auch die drei ??? gingen wieder zurück in ihren Schlafraum. Während sich Justus auf seine Luftmatratze setzte, wanderte Peter im Raum auf und ab. »Ich habe ja schon einiges erlebt, aber das war wirklich unheimlich! Ehrlich gesagt will ich nie wieder erleben, wie jemand von einem Geist oder einer Marionette oder so etwas besessen wird! Vor allem nicht du!«
»Wir wissen doch gar nicht, ob Justus wirklich von einem

Geist besessen war. Das ist doch nichts weiter als eine vorschnelle Erklärung«, wandte Bob ein.

»Ach ja? Ich habe aber zufällig schon mal darüber gelesen, wie es ist, wenn ein Dämon einen Körper in Beschlag nimmt!«, sagte Peter energisch. »Die Betroffenen bekommen einen starren Blick und führen mechanisch das aus, was die Macht von ihnen verlangt. In diesem Fall hat wahrscheinlich eine der Marionetten Justus' Körper verwendet, um uns die Botschaft zu hinterlassen.«

»Ich kann mich nicht daran erinnern.« Justus griff sich an den Kopf. »Und jetzt würde ich gerne noch etwas schlafen.«

»Du nimmst das Bett, das hat ein solides Metallgestell.« Peter wühlte in seiner Tasche. Mit einem zufriedenen Gesichtsausdruck beförderte er ein Paar Handschellen zu Tage. »Gut, was? Die habe ich für unseren Detektivkoffer besorgt.«

Justus sah alles andere als begeistert aus.

»Keine Widerrede! Entweder du lässt dich fesseln oder wir müssen dich in dem leeren Zimmer neben dem Dachboden einschließen.«

»Tu, was er sagt, Just! Sonst gibt Peter keine Ruhe. Und ich würde gerne irgendwann noch etwas Schlaf abbekommen!«

Justus knurrte leise, hielt Peter jedoch den rechten Arm hin.

»Fein!«, sagte Peter. »Dann werde ich mal dafür sorgen, dass du nicht mehr spuken kannst.«

Filmriss?

Das Schrillen des Weckers riss Peter unsanft aus seinen Träumen. Einen Moment lang dachte er, es wäre schon hell, aber dann fiel ihm ein, dass sie für alle Fälle die Nachttischlampe angelassen hatten. Draußen vor dem Fenster war erst ein dünner Streifen Licht am Horizont zu erblicken.

»Was für eine Nacht!«, ächzte Bob. »Ich habe kaum ein Auge zugetan.«

»Frag mich mal, wie es mir geht.« Justus setzte sich langsam auf. »Nach diesem Erlebnis!«

»Du hast danach mehrfach im Schlaf geredet!«, sagte Peter. »So etwas wie ›Das Schwimmen in Bekleidung ist verboten‹, und dann kam ›Das Wasser ist gefährlich!‹.«

»Klingt nicht gerade dämonisch.« Justus rieb sich das Handgelenk, an dem er gefesselt war. »Habe ich sonst noch was gesagt?«

»Nein, zumindest nichts Zusammenhängendes.« Peter befreite seinen Freund mit Hilfe eines kleinen Schlüssels.

Nachdem sie sich schnell angezogen hatten, gingen sie in die Küche, wo der Rest des Filmteams um den Tisch versammelt war. Es herrschte eine seltsame Stimmung. Alle waren übermüdet und aufgekratzt. Mary-Ann hatte dunkle Ringe unter den Augen. Ihre Haut war kalkweiß, was durch ihr rosafarbenes Kleid noch unterstrichen wurde. Frank, der ebenfalls unausgeschlafen aussah, fuhr sich nervös durch die schwarzen Haare. Sogar Zack sah betroffen aus. Nur Latona hatte eine

Augenbraue skeptisch hochgezogen und nippte an ihrer Kaffeetasse.
»Was ist denn los?«, fragte Bob.
»Sieh dir das an!« Frank deutete auf die Kamera, die an einen Monitor angeschlossen war.
»Das sind ja die Aufnahmen von gestern«, meinte Peter. »Gleich kommt die Szene, in der Muffin den Bankräuber ermordet. Sieht doch alles prima aus!«
»Warte es ab!«
Die drei ??? starrten auf den Bildschirm. Justus rannte gerade mit dem Beil hinter Zack her. Plötzlich knisterte es und ein Rauschen war zu erkennen. Der Bildschirm wurde schwarz, dann liefen weiße Flecken und Striche durch das Dunkel und ein Bild wurde sichtbar. Es war der Raum mit den Marionetten. Die Kamera glitt über das grinsende Gesicht des Todes. Doch bevor sie innehalten konnte, wurde das Bild unscharf und löste sich auf. Nun sahen sie ein flimmerndes Standbild von Zack, Peter und Latona. Es sah aus, als würden ihre Gesichter immer dunkler und dunkler. Ein schwarzer Nebel bildete sich. Dann lösten sich die drei Jugendlichen langsam auf und verloren an Substanz. Schemenhafte Figuren flatterten durcheinander. Wieder knisterte und schnarrte es. Nach einem kurzen Schwarzbild folgte die Fortsetzung der Szene, in der Zack von Justus verfolgt wurde.
»Das war ein deutliches Zeichen«, flüsterte Mary-Ann. »Es besteht eine Verbindung zwischen euch dreien und dem Tod.«
»Merkwürdig!« Zack spulte hektisch zurück. »Das kann doch kein Filmriss sein! Unser Material ist digital.«
»Dann gibt es eben eine übernatürliche Erklärung dafür«, warf Mary-Ann ein.

»Solange der Bannkreis unversehrt ist, kann aber nichts passieren«, stellte Peter fest.
»Habt ihr es etwa noch nicht gesehen?«, stieß Mary-Ann atemlos hervor.
»Was denn?«
»Der Bannkreis wurde diese Nacht verwischt. Das, was Peter heute Nacht gesagt hat, ist eingetroffen. Wahrscheinlich haben die Marionetten Justus gerufen, damit er in ihrem Auftrag den Kreis zerstört.«
»Ach was! Die Marionetten sind bloß blöde, leblose Puppen. Und das da auf dem Film kann man mit Spezialeffekten hinbekommen.« Latona stellte ihre Tasse ab und verdrehte die eisblauen Augen. »Ich lasse mich doch nicht von so was verrückt machen!«
»Latona hat Recht!«, bekräftigte Justus. »Wir alle wissen, dass man heutzutage keinen Spezialisten mehr braucht, um am Computer einen Film zu bearbeiten.«
»Wenn es richtig überzeugend aussehen soll, dann braucht man sehr wohl Spezialisten!«, sagte Peter missmutig. »Was glaubst du, was mein Vater den ganzen Tag beim Film macht!«
»Ich gebe ja zu, dass man für besondere Effekte Profis braucht. Aber nicht für das, was wir eben gesehen haben. Das bekommt man mit etwas Übung sicher auch über Nacht an einem Laptop hin.«
»Das stimmt schon.« Frank lehnte sich an den Küchenschrank. »Ganz geheuer ist mir die Sache jedoch auch nicht!« Er sah betreten drein. »Die Kamera und das Filmmaterial waren die ganze Nacht in einem der Koffer in meinem Zimmer. Es hätte Zack und mir auffallen müssen, wenn jemand da

rangegangen wäre. Und euch doch auch. Schließlich kommt man nur durch euer Zimmer zu uns.«

»Unheimlich!«, gab nun auch Zack zu. »Und dazu diese komische Sache mit Justus … Ich meine, wir wissen immer noch nicht, wieso er diese Gruselbotschaft an die Wand geschrieben hat!«

»Und dann auch noch auf Italienisch!« Peters Stimme klang etwas höher als sonst – ein Zeichen, dass er nervös war.

»Vielleicht ist er schlafgewandelt«, überlegte Bob. »Schlafwandler bewegen sich manchmal komisch und sie erschrecken sich furchtbar, wenn sie geweckt werden.«

»Ach ja?«, entfuhr es Peter. »Also ich kenne Justus seit Jahren, und die paar Male, wo er schlafgewandelt ist, war das ganz harmlos. Er ist im Raum auf und ab gegangen und hat was von Schokoriegeln erzählt oder Matheformeln aufgesagt. Und dann ist er ganz von selbst zurück ins Bett gestiegen und hat friedlich weitergeschlafen.«

»Matheformeln würde ich nicht harmlos nennen.« Latona lachte trocken.

»Ich finde das nicht komisch«, meinte Peter. »Justus hat sich noch nie zuvor so verhalten!«

»Dann können wir Schlafwandeln vermutlich ausschließen«, entschied Frank sachlich. »Ich kenne mich damit ganz gut aus. Wenn Justus sonst nicht dazu neigt, nachts durch die Gegend zu laufen, wird er das nicht plötzlich grundlos anfangen.«

»Und du kannst dich wirklich an nichts erinnern?«, wollte Zack vom Ersten Detektiv wissen.

»Ich habe keinerlei Erinnerung daran.« Justus war sichtlich frustriert. »In meinem Kopf ist ein kompletter Filmriss.«

»Also ich sage es jetzt noch ein einziges Mal: Wir müssen hier weg!« Mary-Ann schien trotz der Wärme zu frösteln. Sie schlang die Arme um ihren schmalen Oberkörper. »Wenn wir hierbleiben, lassen wir uns mit gefährlichen Mächten ein!«

»Zack könnte uns einen Streich spielen«, mutmaßte Bob, als die drei ??? nach dem Frühstück unter sich waren. »Er hat den Film manipuliert und den Kreidekreis verwischt.«
»Das habe ich auch überlegt«, gab Justus zu. »Anderseits passt es eher zu Zack, in einem Bettlaken durchs Haus zu laufen und ›Buh!‹ zu rufen oder mit der Gummischlange rumzuwedeln. Subtiler Horror liegt ihm nicht. Und außerdem hätte er den Film nicht umschneiden können, ohne dass Frank etwas bemerkt hätte.«
»Und Frank wiederum hätte ebenfalls nichts tun können, ohne dass es Zack aufgefallen wäre«, stellte Bob fest.
»Die Mädchen haben für gestern Nacht hingegen kein Alibi«, gab Justus zu bedenken. »Eine von ihnen könnte den Kreidekreis verwischt und die Kreidebotschaft an die Wand geschrieben haben.«
»Aber sie konnten beide nicht an das Filmmaterial!«, erinnerte Bob. »Es lag die ganze Zeit bei Frank im Koffer neben dem Bett. Und vor dem Schlafengehen war keiner länger allein unterwegs. Jedenfalls nicht lange genug, um das Material zu bearbeiten und es unbeobachtet zurückzulegen.«
»Außerdem können weder Mary-Ann noch Latona jemanden dazu bringen, herumzuspuken – so wie Justus es getan hat!« Peter sah aus dem Fenster hinaus auf den Pool. »Es ist, als ob die Marionetten tatsächlich einen Einfluss auf die

Menschen hätten. Wir haben ja auch dieses unheimliche Flüstern auf dem Flur gehört. Ich wette, das waren ebenfalls die Marionetten, die Justus Befehle gegeben haben.«

Der Erste Detektiv zog die Stirn kraus. »Wie oft soll ich es noch sagen: Es sind nur Puppen!«

»Das weiß ich. Und bevor du mir vorwirfst, dass ich ein Angsthase bin, solltest du wissen, dass ich überhaupt keine Angst habe«, sagte Peter schnell.

»Aber ich hatte gestern Abend welche«, sagte Justus nach kurzem Zögern.

»Was denn? Angst? Du?« Der Zweite Detektiv wurde hellhörig. »Das glaube ich ja nicht!«

»Es war gestern Abend, als wir am Pool saßen.« Justus sah seine Freunde ernst an. »Die Angst kam plötzlich und das Gefühl war recht intensiv.«

»Wirklich? Du hattest Angst?«, rief Peter halb entsetzt, halb begeistert.

»Ich hatte alle Symptome von Angst«, erwiderte Justus sachlich. »Herzklopfen, Gänsehaut, Anspannung und Beklemmungsgefühle. Gestern bin ich nicht darauf gekommen, aber heute früh habe ich mich an einen alten Fall erinnert, bei dem wir es ebenfalls mit ähnlichen Angstzuständen zu tun hatten.«

»Du meinst den Fall mit den Orgeltönen?«

»Genau! Die besonders tiefen Töne wirkten sich auf das Nervensystem aus und lösten Angst aus. Und das, ohne dass man sich wirklich gefürchtet hat.«

»Hier gibt es aber keine Orgel«, wandte Peter ein. »Außerdem konnte uns die Musik damals zwar Angst machen, aber wir sind trotzdem nicht wie Zombies durch die Gegend gelaufen und haben italienische Höllenbotschaften an Wände geschrieben. Das ist ja wohl ein beachtlicher Unterschied.«

»Eine Gemeinsamkeit könnte aber sein, dass jemand ein böses Spiel mit uns treibt. Und zwar jemand Menschliches«, gab Bob zu bedenken.

»Wenn dem so ist, müssten wir das mit systematischen Ermittlungen ohne weiteres herausfinden können.« Der Erste Detektiv setzte sich gerade hin und nahm die Schultern zurück. »Wozu sind wir Detektive?«

»Fein, dann sollten wir doch gleich die Ermittlungen fortsetzen.« Bob stand auf. »Fragt sich nur, womit wir zuerst anfangen.«

»Zwei von uns untersuchen den Flur.« Justus stand ebenfalls auf. »Nach Fingerabdrücken zu suchen macht leider wenig Sinn. Aber wenn ihr Stimmen gehört habt, könnte es ein verstecktes Tonbandgerät geben.«

»Das klingt einleuchtend. Darf ich dich jedoch daran erinnern, dass wir nicht zwei, sondern drei Detektive sind?«, warf Peter ein.

»Deshalb fährt auch einer von uns mit dem Auto nach Los Angeles. Ich möchte hören, was Mrs Sciutto zu dem Medaillon und dem Foto zu sagen hat. Außerdem ist mir noch eine Idee gekommen.«

»Welche denn, Just?«, erkundigte sich Bob.

»Manchmal haben wir auf dem Schrottplatz alte Kunstgegenstände, die in einem schlechten Zustand sind. Sofern Onkel Titus und ich sie nicht in Eigenarbeit reparieren können, geben wir sie an Restauratoren. Einer von ihnen, Mr Torrance, hat sich auf Spielzeug spezialisiert. Er hat eine Werkstatt und einen kleinen Laden an der De la Vina Street. Ich würde ihm

gerne eine der Marionetten zeigen, damit er seine fachliche Meinung dazu abgeben kann.«
»Dann übernehme ich das«, schlug Bob vor. »Zum einen habe ich ein Auto und zum anderen sind meine Szenen im Drehplan erst nach dem Mittagessen dran.«
»Welche Marionette soll Bob denn überhaupt mitnehmen?«, wollte Peter wissen, als sie in den großen Raum im Erdgeschoss traten. »Und wie sollen wir die vom Balken runterholen? Nur mit einem Stuhl kommen wir da jedenfalls nicht ran.«
»In der kleinen Kammer neben der Küche habe ich eine Leiter gesehen.« Justus zupfte sich gedankenverloren an der Unterlippe. »Und ich denke, dass es das Beste ist, den Tod mitzunehmen. Alles scheint sich um diese Figur zu drehen. Da ist es naheliegend, sie untersuchen zu lassen.«
»Es ist nicht gerade mein Traum, dieses Ding in meinem Auto spazieren zu fahren, aber bitte.« Bob drehte sich zu der Figur des Todes, dann senkte er die Stimme. »Wehe, du machst unterwegs Ärger!«

»Hier ist nichts!«, bemerkte Justus enttäuscht, nachdem sie den ganzen Flur untersucht hatten. Er hatte gehofft etwas Aufschlussreiches zu finden. Doch abgesehen von Staubfusseln und ein paar toten Fliegen war der Flur leer. »Kein Tonbandgerät und auch keine verräterischen Spuren. Wenn hier etwas war, hat unser Spuk-Produzent es wieder verschwinden lassen.«
»Ein körperloser Geist braucht kein Tonbandgerät, um Geräusche zu machen«, murmelte Peter. Justus winkte ab. Wenn es darauf ankam, war der Zweite Detektiv mutig und ließ

sich nicht beirren, aber manchmal schien es ihm geradezu Spaß zu machen, sich in übernatürliche Phänomene hineinzusteigern. Justus seufzte. So kamen sie nicht weiter.
»Wenn hier was Geheimnisvolles ist, dann befindet es sich bestimmt auf dem Dachboden«, überlegte Peter laut. »Wenn man einen Raum nicht betreten darf, ist das schon fast eine Garantie dafür, dass er von Bedeutung ist. Und wenn wir dort ein Tonbandgerät finden, haben wir einen wichtigen Anhaltspunkt.«
Justus sah auf. »Ja, du hast Recht, Zweiter! Es gefällt mir auch nicht, dass wir den Boden noch nicht untersucht haben. Aber das können wir ja jetzt nachholen.«
»Hätte ich das bloß nicht vorgeschlagen.« Peter schlug sich mit der flachen Hand an die Stirn. »Selbst wenn da keine Geister rumschwirren, ist der Dachboden immer noch ein ziemlich morscher Ort. Mrs Sciutto hat uns extra gewarnt. Ich lege jedenfalls keinen großen Wert darauf, durch marode Deckenbalken bis in den Keller zu stürzen.«
»Wir können dich ja absichern«, beruhigte ihn Justus.
»Wieso mich? Vielleicht solltest du da hochgehen. Ich lasse dir gerne den Vortritt. Außerdem kann ich so lange an der Treppe Wache halten.«
Justus antwortete nicht, sondern blickte auf die Uhr. »So ein Ärger! In zehn Minuten müssen wir die Küche für unseren Dreh umräumen. Uns bleibt also nicht viel Zeit.« Der Erste Detektiv trat zu der steilen Stiege am Ende des Flurs. »Du bist eindeutig der Sportlichere von uns beiden und du bist nicht so …«, er zögerte und suchte nach einem wohlwollenden Wort für ›leicht übergewichtig‹, »… du hast physikalisch gesehen eine geringere Dichte.«

»Na, vielen Dank!« Peter schnaubte belustigt.
»Wenn du vorsichtig bist, kann dir eigentlich nicht viel passieren. Du musst nur hier hochsteigen, einen Blick durch die Tür werfen und beurteilen, ob da oben ein sachdienlicher Hinweis ist, den wir später eingehender untersuchen sollten.«
Justus blieb am Fuß der Treppe stehen und sah hinauf zu der windschiefen Holztür. Die Stufen selbst waren schmal und sahen aus, als hätte sie jemand eilig zusammengezimmert. Bei der näheren Betrachtung stellte Justus fest, dass sie nicht staubig waren. Es konnte gut sein, dass in den letzten Tagen und Nächten jemand hoch- und runtergestiegen war.
»Brauchst du ein Seil?«, fragte der Erste Detektiv, als sein Freund nach dem wackeligen Geländer griff.
»Nein, das geht schon.« Peter stellte vorsichtig einen Fuß auf die unterste Stufe. »Aber du fängst mich auf, wenn ich falle!«
»Ich werde es versuchen.«
Der Zweite Detektiv stieg auf die zweite Stufe. Sie knarrte unter seinem Gewicht, brach jedoch nicht entzwei. »So morsch, wie Mrs Sciutto behauptet hat, ist die Treppe gar nicht!«, stellte er fest, als er oben angekommen war.
»Ist die Bodentür offen?« Justus spähte zu seinem Freund hinauf. Peter rüttelte an einem verrosteten Eisengriff. »Nein, sie ist verschlossen.«
»Hast du dein Dietrichset dabei?«
»Ja«, kam es von oben, »aber es liegt in meiner Reisetasche. Kannst du es holen?«
»Warte!« Schon war Justus im Zimmer der Jungen verschwunden. Peters Tasche stand neben dem großen Bett am Boden. Justus wühlte sich durch ein Knäuel aus Anziehsa-

chen, Handtüchern und losem Kleinkram. Das Dietrichset lag zuunterst – zwischen Peters benutzten Sportsocken. Mit spitzen Fingern zog Justus das Etui aus der Reisetasche. Er wollte gerade den Reißverschluss zumachen, als die Zimmertür aufging.

»Was macht Peter da oben?«

Justus zuckte zusammen. Im Türrahmen stand Latona und blickte ihn mit ihren merkwürdig hellen Augen forschend an. »Das hier ist ein Jungszimmer!« Etwas Besseres fiel Justus im Augenblick nicht ein.

»Da du komplett angezogen bist, spielt das im Moment ja wohl keine Rolle«, konterte Latona. »Also, was macht Peter auf der Dachbodentreppe?«

»Wir suchen einen passenden Drehort für die Szene, in der ich dich verfolge.«

Sie zog ungläubig eine ihrer dünnen schwarzen Augenbrauen hoch.

»Und was willst du hier, wenn ich fragen darf?« Justus ließ das Dietrichset unauffällig in seine Hosentasche gleiten.

»Frank will gleich mit dem Dreh beginnen.« Latona musterte ihn neugierig, so als könne sie seine Gedanken lesen. »Peter und du, ihr sollt runterkommen.«

Justus hörte, wie Peter im Flur vorsichtig die Stufen hinabstieg. Das war vernünftig. Es hatte keinen Zweck mehr, jetzt den Dachboden zu untersuchen. Latona würde nicht von ihrer Seite weichen.

»Geht es schon los?« Peter erschien im Türrahmen.

»Enttäuscht?« Latona wandte sich zum Gehen. »Wenn du willst, verschaffe ich dir heute Nachmittag etwas Freiraum zum Ermitteln!«

Justus sah Latona misstrauisch an.
Sie lachte leise. »Glaubst du, ich hätte euch nicht durchschaut?«
»Wir ermitteln gar nicht.« Justus verschränkte die Arme.
»Schade, dann wollt ihr sicherlich auch nicht wissen, was ich entdeckt habe.« Latona schenkte dem Ersten Detektiv ein überlegenes Lächeln.
Justus wollte etwas entgegnen, doch da tönte Zacks Stimme durchs Haus. »Wo bleibt ihr!«
Wortlos drehte sich Latona um und glitt die Treppe hinab, als würde sie fliegen.

Ein Tod auf Reisen

Bobs Käfer brauchte lange, um die holprige Straße Richtung Rocky Beach hinter sich zu bringen. Der Tod auf dem Beifahrersitz wurde ordentlich durchgeschüttelt. Sein Kopf bewegte sich hin und her und der Arm mit der Sense klapperte.

»Du bist wirklich abscheulich!«, sagte Bob. Dann machte er das Radio an. Etwas Rockmusik würde die Stimmung deutlich auflockern. Schon erklangen düstere Töne, begleitet von einer Stimme, die vom »Ende aller Tage« sang. Ohne zu zögern, machte Bob das Radio wieder aus.

Die De la Vina Street war eine lange Straße, die einmal quer durch Rocky Beach führte. Das Geschäft von Mr Torrance lag in der Nähe des kleinen Einkaufsviertels. Bob war in der Vergangenheit schon öfter hier vorbeigefahren, ohne dem Geschäft Beachtung zu schenken.

Als der dritte Detektiv die Tür öffnete, erklang eine altmodische Glocke. Er trat in einen kleinen Raum, der bis unter die Decke mit Spielzeug angefüllt war. Auf den Regalen saßen zerfledderte Teddybären und zierliche Puppen. Es gab Zinnsoldaten und Spieluhren, Holzfiguren und Brummkreisel.

»Na, was bringst du mir denn da?« Ein älterer Mann stand hinter einem Tresen. Seine langen weißen Haare waren zu einem Pferdeschwanz gebunden und er trug eine grüne Lesebrille.

»Ich habe da etwas, das untersucht werden muss. Justus Jonas vom Gebrauchtwarencenter T. Jonas hat Sie mir empfohlen«, sagte Bob höflich.

»Ah, Justus Jonas – Titus Jonas' Neffe mit dem außergewöhnlichen Denkvermögen! Ich hoffe, es geht ihm gut!«

»Ja, doch. Wir haben nur gerade ein kleines Problem mit ein paar Marionetten.« Bob legte den Tod auf den Tresen.

»Ein Problem mit ein paar Marionetten? Soweit ich das beurteilen kann, ist das hier aber nur ein Exemplar.« Mr Torrance blickte den dritten Detektiv erwartungsvoll an.

»Ich konnte sie nicht alle mitnehmen, Sir. Es sind zu viele«, erklärte Bob. »Aber Justus glaubt, dass diese hier die wichtigste ist.«

»Dann wird es wohl auch so sein. Wie ich schon mehrfach hörte, liegt Justus mit seinen Annahmen selten daneben.« Mr Torrance beugte sich vor und berührte den Stoff der Figur. »Ah! Diese Puppe ist auf jeden Fall antik. Und sie ist ein außergewöhnlich schönes Stück Handwerkskunst.«

»Sie stammt aus Italien. Um genau zu sein, aus Venedig.« Bob reichte Mr Torrance den Tod. »Angeblich ist sie über vierhundert Jahre alt.«

»Das glaube ich dir sofort.« Der Restaurator begutachtete den Kopf der Marionette. »Und wie ist Justus an diese Stücke gekommen? Wurden die Puppen etwa dem Schrottplatz verkauft?«

»Nein, Sir. Sie gehören zu einer privaten Sammlung und hängen in einem Haus an der Steilküste«, erwiderte Bob. »Und es gibt eine Reihe von ungewöhnlichen Legenden, die sich um diese Marionetten ranken. Es heißt, dass sie magische Fähigkeiten haben.«

Der Mann lachte Bob nicht aus. Stattdessen untersuchte er voller Interesse den Umhang des Todes. »Alten Spielzeugen werden gerne mystische Kräfte zugeschrieben. Aber das ist kein Wunder. Schließlich vermögen es einige von ihnen, sogar Erwachsene zu verzaubern.« Erstaunlich gewandt stieg er auf einen dreibeinigen Schemel, das Holzkreuz der Marionette in der rechten Hand. Der Tod berührte nun mit den Füßen den Boden. Torrance bewegte die Finger. Schon machte der Tod einen Schritt nach vorne. Dann hob er die Hand.

»Es sieht so lebendig aus!«, entfuhr es Bob. Unwillkürlich lehnte er sich zurück. In Bewegung sah der Tod noch um einiges unheimlicher aus, als wenn er still am Balken hing.

»Tatsächlich!«, pflichtete Mr Torrance dem dritten Detektiv bei. »Und ich bin nicht mal ein besonders guter Puppenspieler! Du hättest mal den alten Sciutto erleben sollen! Er bewegte seine Marionetten so kunstvoll, dass man meinen könnte, sie wären echte Lebewesen. Es war schön und schaurig zugleich.«

»Der alte Sciutto?« Bob stutzte. »Haben Sie ihn gekannt?«

»Nein, nicht persönlich. Aber ich habe ein paar seiner Stücke gesehen. Er ist früher in den kleinen Theatern entlang der Küste aufgetreten. Die Aufführungen waren damals spektakulär, aber das ist nun schon lange her, weit vor deiner Zeit.«

»Diese Marionette hier hat ihm gehört«, sagte Bob mit unterdrückter Aufregung. Vielleicht wusste Mr Torrance etwas Wichtiges, was sie auf die richtige Spur bringen konnte.

»Eine echte Sciutto-Marionette! Ich hätte es gleich erkennen müssen!« Mr Torrance strich andächtig über den schwarzen Umhang.

»Sind diese Puppen besonders wertvoll?«, wollte Bob wissen.
Mr Torrance schüttelte langsam den Kopf. »Natürlich bringen alte Marionetten auf Spielzeugbörsen ab und zu gute Preise, aber reich wird man mit dem Verkauf nicht.«
»Und doch sind Sciuttos Puppen etwas Besonderes?«
»Das sind sie«, beteuerte Mr Torrance. »Für den Fachmann ist so ein Stück eine wahre Augenweide.«
»Man sagt übrigens, dass eine von Sciuttos Puppen ein echtes Herz habe«, wagte sich Bob vor.
Mr Torrance ließ sich jedoch auch von diesen Worten nicht beeindrucken. Vielmehr nahm sein Gesicht einen nachdenklichen Ausdruck an. »Das erlebe ich öfter.« Der Restaurator lächelte. »Manche Teddys und Puppen haben eingenähte Herzen aus Stoff. Wieder andere haben herzförmig geschliffene Strasssteine in der Brust oder kleine Zettel mit Gedichten.«
»Die Leute verstecken also Dinge in den Spielsachen?«, wollte Bob wissen.
»Sie geben ihnen ein Herz!«
»Könnte in dieser Puppe auch so etwas stecken?« Bob rieb sich die Hände. Möglicherweise würde er gleich das Geheimnis der Sciuttos lüften. Im Geist sah er bereits einen Haufen Edelsteine, die aus der Marionette kullerten. Dann bildete sich aus den vielen kleinen Steinen ein großer roter Stein, das Herz der Marionette.
Mr Torrance nickte ruhig. »Wenn du etwas Zeit hast, kann ich ja mal nachsehen, ob etwas in dieser Puppe versteckt ist.«
»Vielen Dank! Das wäre großartig.« Bob sah gespannt zu,

wie Mr Torrance den Umhang der Puppe abnahm. Mit ruhigen Händen untersuchte er jeden Zentimeter des hölzernen Körpers, sehr viel gründlicher, als es die drei ??? im Sciutto-Haus getan hatten. Schließlich hielt der Restaurator inne. »Hier!« Er klappte ein Türchen auf, das sich unter dem Arm der Puppe befand. Dahinter war ein länglicher Hohlraum, der direkt in die Brust des Todes führte, dort, wo bei einem echten Menschen das Herz wäre. »Es ist leer.«

»Was?« Bob war enttäuscht. »Kein Stein? Nichts? Nicht mal ein Zettel?« Für einen Moment hatte er geglaubt, dass er Justus und Peter mit einem großartigen Fund überraschen konnte. Doch jetzt war da nur ein leeres Fach, das weitere Rätsel aufgab.

»Ich werde wohl auch die anderen Puppen nach so einer Klappe untersuchen müssen«, seufzte der dritte Detektiv, als Torrance die Marionette wieder angezogen hatte. »Und es sind nicht gerade wenige.«

»Solltest du etwas Außergewöhnliches finden, musst du mir unbedingt davon berichten.« Mr Torrance reichte Bob den Tod zurück. Die Puppe wackelte höhnisch mit dem Kopf.

»Das mache ich, Sir.« Der dritte Detektiv gab sich Mühe, die Fäden der Puppe nicht zu verwirren und gleichzeitig die Ladentür zu öffnen.

»Und noch was!«, rief Mr Torrance. »Daphne Crane, eine alte Freundin von mir, war früher eine begeisterte Zuschauerin von Sciuttos Theaterstücken. Vielleicht kann sie dir mehr über die Puppen und die Familie der Sciuttos erzählen!«

»Wohnt sie hier in der Nähe?«

»Ihr Haus liegt unterhalb des Stadtparks von Rocky Beach.

Ich schreibe dir die Adresse auf.« Torrance zückte einen Stift und kritzelte etwas auf einen kleinen Block. »Viel Erfolg!«

Justus war schlecht gelaunt. Der Vormittag zog sich endlos hin und die Dreharbeiten ließen ihm und Peter keine Zeit für weitere Ermittlungen. Dafür musste er abwechselnd Peter und Mary-Ann mit dem Plastikbeil verfolgen. Während Mary-Ann jedes Mal automatisch in Panik verfiel, wenn Justus sich ihr näherte, war Frank mit der Leistung des Ersten Detektivs nicht zufrieden.

»Eine Hexe hat gerade von dir Besitz ergriffen und du hast Hunger, du könntest also ruhig noch etwas wahnsinniger gucken!«

»Gestern Nacht hast du das doch auch geschafft!«, fügte Mary-Ann hinzu.

»Noch wahnsinniger?« Justus stöhnte. Er hatte als Kind als ›Baby Fatso‹ in der Fernsehserie *Die kleinen Strolche* mitgespielt und hielt sich selbst für einen begnadeten Schauspieler. Dass Frank ständig etwas auszusetzen hatte, passte ihm gar nicht.

»Es kann gar nicht wahnsinnig genug rüberkommen!«, erklärte Frank zum wiederholten Mal. »Muffin ist durch Schokoladenentzug und einen bösen Zauber vollkommen außer Rand und Band. Er folgt nur noch seinen Instinkten – wie ein Raubtier.«

»Stell dir doch einfach vor, du hast nur noch dein Schwammhirn!«, flachste Zack, der die Stange mit dem Mikrofon hielt.

Justus verdrehte die Augen. »Du meinst das Stammhirn, oder?«

Frank ließ von der Kamera ab. »Genauer gesagt sprechen wir hier vom Hirnstamm. Der Bereich im menschlichen Gehirn, der sich seit der Evolution am wenigsten verändert hat!« Frank war ganz in seinem Element. »Neurologisch betrachtet …«

»Nicht noch so eine Predigt!«, beschwerte sich Zack. »Wenn Justus nicht gerade als Fremdwortkanone einen wissenschaftlichen Vortrag über irgendwas hält, kommst du mit deinem Neurozeugs oder angestaubtem Psychokram an. Wir sind hier beim Film und nicht bei ›Jugend forscht‹. Das ist echt Denk-Belästigung in Stereo.«

Frank sah aus, als hätte man ihm gerade eine Ohrfeige verpasst. Seine Wangen röteten sich. »Schon gut«, sagte er verbittert.

»Also ich wäre bereit für die Szene«, mischte sich Justus rasch ein, bevor es dicke Luft geben konnte.

Aber Frank hatte sich bald wieder im Griff und sie drehten eine ganze Stunde ohne Zwischenfälle. Justus zerrte Peter aus einem Schrank und jagte Mary-Ann die Treppen hinunter. Peter wiederum kämpfte als T-Rex in der Küche mit Latona. Obwohl die Judogriffe eigentlich nur angedeutet werden sollten, verpasste Latona dem Zweiten Detektiv dabei ein paar blaue Flecken.

Frank griff tadelnd ein. »Als Schauspielerin tut man nur so als ob, Latona. Man schlägt nicht wirklich zu.«

»Aber so sieht es viel echter aus«, verteidigte sich das Mädchen.

Peter rieb sich sein linkes Knie. »Echt tut echt weh!«

»Ab jetzt wird ja auch nicht mehr geprügelt.« Zack grinste. »Jetzt kommt die Szene, in der die Hexe Muffin zur dunklen

Seite verführen will und er bemerkt, dass es in der Küche Schokoladenkuchen gibt.«

Justus winkte ab. »Nicht mit mir. Ich brauche eine Pause.«

»Wir machen später weiter«, lenkte nun auch Frank ein. Justus bemerkte, dass er noch immer etwas eingeschnappt war. Während die anderen auf die Terrasse gingen, räumte Justus zusammen mit Frank die Küche auf.

»Zack ist ein Idiot!«, schimpfte Frank, während er die Kamera abbaute. »Eigentlich wollte ich ihn gar nicht im Team haben. Er ist ein miserabler Schauspieler und außer dreckigen Witzen und Angebergeschichten hat er kaum was auf dem Kasten.«

»Das ist alles nur Unsicherheit«, sagte Justus gelassen, während er eine Lache Filmblut aufwischte. »Er spielt sich auf, weil er nicht weiß, wie er sich sonst verhalten soll.«

»Das macht es auch nicht besser.« Frank schnappte sich energisch das Mikrofonkabel und rollte es zusammen.

»Problematisch finde ich eher Mary-Ann«, gab Justus zu. »Sie ist viel zu nervös. Dieses Haus macht ihr Angst.«

»Ich weiß. Sie ist immer so«, behauptete Frank. »Wir waren mal zusammen im Kino und haben einen Gruselfilm gesehen. Sie hat die ganze Zeit geschrien und sich an meinem Arm festgekrallt.«

»Sie ist die Hysterie in Person. Hätten wir noch Kelly und Dean dabei, wäre das Chaos gestern Nacht perfekt gewesen. Dean ist fast so abergläubisch wie Peter und Kelly lässt sich ziemlich leicht erschrecken. Da hätte sich die Panik ins Endlose gesteigert.«

»Echt?« Frank lächelte erschöpft. »Dann haben wir mit unserem Team ja direkt Glück im Unglück gehabt, was?«

Der Tod saß wieder im Auto und starrte hinaus auf die Straße. Bob bremste. Ein junges Mädchen ging vor dem Käfer über den Zebrastreifen.
»Keine Chance, alter Junge!«, sagte der dritte Detektiv. »Ich habe gerade die Bremsen überprüfen lassen.«
Der Tod antwortete nicht. Stattdessen lehnte er sich nur leicht vor. Er sah enttäuscht aus.
»Wir fahren jetzt zu deiner Besitzerin.«
Der Tod lehnte sich beim Anfahren wieder zurück.
»Mrs Sciutto.« Bob lenkte den Wagen auf den kleinen Parkplatz vor der Wohnanlage in West Hollywood. Dort kramte er das Medaillon aus dem Handschuhfach, dann löste er den Anschnallgurt, mit dem er den Tod auf dem Beifahrersitz befestigt hatte. »Ich denke, ich sollte dich lieber in den Kofferraum packen. Nicht dass die alte Dame noch einen Schreck bekommt, wenn ich mit dir auftauche!«
»Warum redest du mit der Puppe?« Ein kleines Mädchen beobachtete Bob, der aus dem Wagen stieg.
»Ja, weißt du … ich … bin Bauchredner. Und da muss ich ab und zu üben.«
»Dann lass ihn mal was sagen!« Das kleine Mädchen deutete auf den Tod.
»Besser nicht. Der muss jetzt schlafen gehen.« Bob legte die Marionette umständlich in den Kofferraum, darauf bedacht, kein Fadenchaos anzurichten. Das kleine Mädchen verfolgte ihn dabei gespannt mit den Augen. Bob nickte ihr noch kurz zu, danach ging er zu der Tür des Apartmenthauses und suchte nach dem richtigen Klingelschild. Währenddessen kam eine junge Frau mit Einkaufstüten über den Parkplatz.
»April, du solltest doch beim Auto auf mich warten.«

»Ich habe mit einem Zauberer gesprochen!« Die Frau zog das Kind zur Tür. In der freien Hand hielt sie einen Schlüssel.
»Willst du auch ins Haus?«, fragte sie Bob, bevor er klingeln konnte.
»Ja, ich möchte zu Mrs Sciutto.«
Die junge Frau schloss die Tür auf. »Sie wohnt im zweiten Stock.«
»Danke.« Bob eilte die Treppen hinauf. Die junge Frau mit dem Kind folgte ihm nicht. Offenbar wohnte sie im Erdgeschoss.
Schon als Bob im ersten Stock ankam, hörte er, wie über ihm eine Tür geöffnet wurde. »Mutter! Das ist ein Fehler!« Eine tiefe männliche Stimme hallte im Treppenhaus von den Wänden wider.
»Ich bitte dich jetzt zu gehen, Federico!« Bob erkannte die Stimme von Mrs Sciutto. Sie klang sehr aufgeregt.
»Mutter!«
»Schrei hier nicht so herum. Woher hast du nur deine schlechten Manieren?«, tadelte Mrs Sciutto den Mann.
»Ich gehe ja schon!«, knurrte die Männerstimme. »Aber das heißt nicht, dass ich die Sache einfach vergessen werde! Ciao, Mutter!«
Die Tür fiel ins Schloss. Kurz darauf kam Bob ein gedrungener Mann mit schwarzen Locken entgegen. Er warf dem dritten Detektiv einen finsteren Blick zu.
Das ist Federico!, fuhr es Bob durch den Kopf. Der Junge auf dem Foto! Aber wie kam es, dass er so lebendig durch die Gegend lief, wenn er doch eigentlich tot sein sollte?

Die Informantin

Spontan entschied Bob, dass er den Besuch bei Mrs Sciutto verschieben würde. Stattdessen hastete er die Treppen wieder hinunter. Der Mann mit den schwarzen Locken stieg draußen gerade in einen alten Fiat Cinquecento. Bob wartete, bis er vom Parkplatz gefahren war, und sprang dann eilig in seinen Käfer.

Der Fiat fuhr gemächlich durch Hollywood. Bob ließ sich ebenfalls Zeit. Durch seine Detektivarbeit hatte er gelernt Verdächtige zu verfolgen, ohne dabei aufzufallen. Man musste immer ein paar Wagenlängen Abstand halten und dennoch das Ziel nicht aus den Augen lassen. Niemals hektisch Gas geben und zu oft die Spur wechseln. Bob lehnte sich zurück. Im Nachmittagsverkehr war eine Verfolgung relativ einfach, weil es weder zu viele noch zu wenig andere Autos auf den Straßen gab. Zudem war der kleine Fiat leicht zu erkennen. Es war ein leuchtend roter Wagen. Der dritte Detektiv machte erneut das Radio an. Dieses Mal kam fröhliche Musik. Wäre es nicht so entsetzlich heiß und stickig im Käfer gewesen, wäre die Fahrt direkt angenehm gewesen – zumal der Tod im Kofferraum lag und Bob nicht anstarren konnte.

Bob folgte Federico über die Küstenstraße bis nach Rocky Beach. Hinter dem Ortskern bog er auf die Straße ab, die über die Berge Richtung Nordwesten führte. Es sah so aus, als ob Federico zum Haus der Sciuttos fahren wollte. Doch bei der letzten Abzweigung nahm der Mann nicht den staubigen Schotterweg, sondern bog in eine kleine Straße ab, die zu einer Pension führte. Bob wusste, dass es eine Sackgasse war, und beschloss die Verfolgung von hier aus zu Fuß aufzunehmen. Nicht dass Federico misstrauisch wurde, wenn schon wieder ein gelber Käfer auftauchte.

Er parkte am Straßenrand und schloss den Wagen ab. Dann wanderte er mit zügigen Schritten die staubige Straße bis zur Pension hoch. Bob bereute es, kein Wasser eingepackt zu haben. Die Luft flimmerte vor Hitze. Selbst für kalifornische Verhältnisse war es ein ungewöhnlich heißer Monat. Doch die Strecke war zum Glück nicht lang. Nach einer Kurve hatte Bob freie Sicht auf das hübsche blaue Holzhaus, das den Namen *Blue Hill* trug. Bob war noch nie hier gewesen, aber er kannte die Tochter des Betreibers. Sie war eine Freundin von Lesley, der netten Verkäuferin aus dem Buchladen in Rocky Beach. Und Bob hatte sich schon mal mit ihr unterhalten.

Der rote Fiat parkte neben der Pension. Von Federico war jedoch nichts zu sehen. Bob betrat die Veranda. Die Tür zur Pension stand offen. Ob er reingehen sollte? Er zögerte kurz. Auf keinen Fall wollte er Federico direkt in die Arme laufen. Doch ein Blick ins Innere verriet Bob, dass niemand da war. Er trat in einen großen Flur mit einer altmodischen Blümchentapete. Es roch nach Kaffee und frisch gebackenem Kuchen. Ein Radio auf der Fensterbank spielte Schlager aus vergangenen Zeiten. In einer Ecke stand ein kleiner Empfangstresen. Dahinter waren Fächer für Schlüssel angebracht, wie in einem Hotel, nur dass es hier lediglich drei Zimmer gab. Nach der Nacht im Sciutto-Haus wirkte die kleine Pension wie ein Ort des vollkommenen Friedens.

Bob fand eine Klingel und läutete. Schon kam ein Mädchen

mit kurzen schwarzen Haaren aus einer Tür. Sie stutzte kurz, dann trat ein Lächeln auf ihr Gesicht. »Bob?«

»Ja, ich bin es.« Bob versuchte sich an ihren Namen zu erinnern. Hieß sie Chris oder Kathy oder vielleicht Jeanne? Er musste passen, dabei hatte er sie eigentlich ganz nett gefunden.

»Was machst du hier? Ermittelst du gerade wieder in einem Kriminalfall?«

Der dritte Detektiv zuckte leicht zusammen. Dann besann er sich jedoch. Federico konnte den letzten Satz des Mädchens unmöglich gehört haben. Er war nirgends in Sicht und das Mädchen, das vielleicht Chris, Kathy oder Jeanne hieß, hatte sehr leise gesprochen.

»Es geht um einen eurer Gäste!«, erklärte Bob. »Er heißt mit Vornamen Federico und mit Nachnamen wahrscheinlich Sciutto. Es kann natürlich sein, dass er hier unter einem anderen Namen abgestiegen ist.«

»Nein, wir haben tatsächlich einen Federico Sciutto unter den Gästen«, berichtete sie hilfsbereit.

»Kannst du mir etwas über ihn erzählen?« Er schenkte ihr einen wohlwollenden Blick aus seinen blauen Augen. Sie errötete leicht. »Ich glaube nicht, dass ich das darf. Mr Sciutto ist Gast im *Blue Hill* und da wäre es nicht richtig, vertrauliche Informationen weiterzugeben.«

»Das kann ich verstehen.« Bob sah Chris, Kathy oder Jeanne noch tiefer in die Augen und senkte seine Stimme. »Ich verlange auch nicht, dass du mir seine Kreditkartennummer nennst oder mich in Sciuttos Zimmer lässt.«

»Das dürfte ich auch nicht.« Sie spielte nervös mit einem Kugelschreiber, den sie vom Tresen genommen hatte.

»Trotzdem kannst du mir helfen.« Er lächelte und berührte sie sanft am Arm. »Es geht nur darum, ein Verbrechen zu verhindern. Weißt du, Mr Sciutto ist ein wichtiges Puzzleteil in einem sehr mysteriösen Fall.«

Sie biss sich auf die Unterlippe. Auf ihrem Gesicht spiegelten sich widersprüchliche Gefühle.

»Du würdest mir einen großen Gefallen tun. Echt!« Bob wartete mit seinem freundlichsten Zahnpastalächeln auf. Sie erwiderte das Lächeln sofort. Anscheinend war sie nicht immun gegen Bobs Charme. »Was willst du wissen?«

»Alles, was du mir sagen kannst.«

»Na, viel ist das nicht. Mr Sciutto wohnt seit gestern bei uns im Haus. Sehr gesprächig ist er nicht. Heute Morgen habe ich jedoch erfahren, dass er Verwandte hier in Südkalifornien hat.«

»Das ist doch schon mal was!«, sagte Bob munter.

Das Mädchen sah sich hektisch um. Dann trat sie näher an den dritten Detektiv heran. »Ich glaube, Mr Sciutto war längere Zeit im Gefängnis!«

»Wirklich?«

»Auf den Zimmern gibt es kein Telefon«, erklärte das Mädchen. »Wer telefonieren möchte, muss das von dem Apparat da drüben aus tun.« Sie wies auf einen altmodischen Münzfernsprecher. »Mr Sciutto hat heute Morgen einen Anruf getätigt. Er dachte wohl, es würde niemand zuhören, aber ich habe gerade im Zimmer nebenan die Blumen gegossen.«

»Was hat er gesagt?«, erkundigte sich Bob.

»Er sprach wohl mit seiner Mutter! Er war wütend und sagte, dass sie ihn schlecht behandeln würde, nur weil er im Gefängnis gewesen ist. Dann sagte er, dass er sie besuchen würde. Mehr habe ich nicht mitbekommen.«

»Danke!« Bob schenkte ihr ein weiteres strahlendes Lächeln. »Hast du sonst noch etwas beobachtet? Ist er vielleicht gestern Nacht unterwegs gewesen? So in etwa gegen Mitternacht?«

»Mit Sicherheit nicht.« Sie schüttelte den Kopf. »Ich habe gestern bis ein Uhr früh mit ein paar Freundinnen auf der Veranda gesessen. Mr Sciutto ist gegen elf noch mal ins Foyer gekommen, um sich Eis aus der Kühlmaschine zu holen. Danach ist er wieder auf sein Zimmer gegangen. Und seinen Wagen hatten wir die ganze Zeit im Blick.«

»Dann hat Mr Sciutto ja zumindest für die letzte Nacht ein Alibi!«, stellte Bob fest. »Er konnte also nicht bei uns im Haus rumspuken und Kreidekreise verwischen.«

»Soll ich mich bei dir melden, wenn Mr Sciutto etwas Ungewöhnliches macht?«, bot das Mädchen an.

»Das wäre klasse!« Der dritte Detektiv zückte eine Visitenkarte und borgte sich den Kugelschreiber des Mädchens. »Ich schreibe dir die Nummer von unserem Firmen-Handy auf die Rückseite, dann kannst du uns immer erreichen.«

Das Mädchen schrieb ebenfalls etwas auf einen Zettel. Bob entzifferte den Namen »Kitty Peterson« und eine Nummer.

»Falls du mal gerade keinen Fall hast und einfach ein Eis essen gehen willst, kannst du gerne anrufen.« Dann fügte sie eilig hinzu: »Ich meine, wenn du nicht mit Lesley ausgehst.«

»Danke, Kitty!« Bob zwinkerte ihr zu. »Bis bald.«

»Und warum bist du nicht noch zu dieser Daphne Crane gefahren, die sich angeblich so gut mit dem Marionettentheater auskennt?«, fragte Justus, als Bob ihnen von seinem Vormittag berichtet hatte. Die drei ??? saßen in ihrem Zimmer im Sciutto-Haus und nutzten eine kurze Drehpause für eine Besprechung. »Es wäre gut gewesen, mehr über Sciuttos Marionettenstücke zu erfahren. Vielleicht finden wir auf diesem Weg einen bislang unbekannten Hinweis auf das Rätsel im Medaillon.«

»Es war schon zu spät!«, entgegnete Bob. »Schließlich konnte ich euch mit dem Dreh nicht hängenlassen, oder?«

»Schon gut. Peter hat heute Nachmittag eine längere Drehpause und kann diesen Job übernehmen.« Justus streckte sich auf dem altmodischen Bett aus und starrte an die Zimmerdecke. »Mrs Sciutto hat uns also angelogen! Sie sagte, ihre Söhne wären beide tot. Das kann so nicht stimmen, denn zumindest einer von ihnen ist nun ziemlich lebendig in Rocky Beach aufgetaucht.«

»Vielleicht ist er mittlerweile auch ein Marionetten-Meister und die Dinger haben ihn von den Toten zurückgebracht!«

Justus überging Peters Bemerkung. »Vielleicht war er gestern Nacht hier und hat die Botschaft an die Wand geschrieben.«

»Nein, zumindest nicht persönlich.« Bob betrachtete den kleinen Zettel mit Kittys Telefonnummer. »Er hat ein Alibi. Nehmen wir also an, dass weitere Personen mit dem Fall zu tun haben.«

»So wie wir davon ausgehen können, dass es weitere Personen gibt, die mit deinem Privatleben zu tun haben.« Peter warf ein Kissen nach Bob. »Erst Elisabeth, dann Brenda, kürzlich Mina – ganz zu schweigen von Lesley und Jelena, und jetzt auch noch diese Kitty! Du musst echt aufpassen, dass du die Damen nicht irgendwann verwechselst.«

»Mit Brenda war ich nie aus!«, verteidigte sich Bob.

»Zu deinem nächsten Geburtstag schenke ich dir ein Freundschaftsbuch mit dem Titel *Alle meine Flirts*.« Peter grinste von einem Ohr zum anderen.

»Das sagst du nur, weil Kelly dich in letzter Zeit anscheinend zum Kotzen findet«, höhnte Bob. »Und das im wörtlichen Sinn.«

»Sie hat eine Lebensmittel …«

»Zurück zum Fall!«, ermahnte Justus seine beiden Freunde. »Wir haben sowieso nur wenig Zeit, da würde ich sie gerne effektiv nutzen.«

»Stimmt, gleich ist ja die legendäre Liebesszene mit Latona dran!« Bob zückte seine Kopie des Drehbuchs.

»Erinnere mich nicht daran«, sagte Justus tonlos. »Ich würde jetzt gerne über den Fall reden.«

»Meinetwegen.« Peter öffnete eine Colaflasche und nahm einen Schluck.

Justus zupfte sich unterdessen wieder an der Unterlippe. »Wir haben es mit nächtlichen Vorkommnissen zu tun, in denen die Marionetten eine bislang ungeklärte Rolle spielen. Überdies gibt es angeblich ein Familiengeheimnis und es ist in der Vergangenheit zu Todesfällen in der Umgebung der Marionetten gekommen. Wir wissen durch das Medaillon mit dem Foto und dem Spruch, dass es eine Verbindung zwischen Federico und dem Vermächtnis der Marionetten-Meister gibt. Es sei dahingestellt, ob es der Zauber des ewigen Lebens oder ein Wertgegenstand ist.«

»Du meinst, ein Edelstein oder so etwas?«, fragte Peter.
»Das wäre doch eine Erklärung dafür, warum sich jemand für die Puppen interessieren sollte«, gab Bob zu bedenken.
»Versehen wir das Geheimnis der Sciuttos lieber zunächst noch mit einem Fragezeichen.« Justus setzte sich auf. »Was wir hingegen definitiv wissen, ist, dass Federico nicht tot ist. Folglich hat Mrs Sciutto uns diesbezüglich angelogen.«
»Vielleicht ist es ihr peinlich gewesen, dass er im Gefängnis war. Es kann doch sein, dass sie deshalb nichts mehr mit ihm zu tun haben wollte«, mutmaßte Bob. »Sie hat ihn jedenfalls nicht gerade herzlich empfangen.«
»Was in dieser Familie vorgeht, werden wir hoffentlich so bald wie möglich entschlüsseln. Aber zuerst fährt Peter zu der Bekannten von Mr Torrance und lässt sich etwas über die Marionettenstücke erzählen. Alle Spuren führen immer wieder zu den Marionetten und daher denke ich, dass die Puppen im Mittelpunkt unserer Ermittlungen stehen sollten.«
»Klingt prima«, meinte Peter zuversichtlich. »Ich kann jetzt gut etwas Abstand von diesem Haus vertragen!«

Bzzzzzzt

Peter war erleichtert, dem Sciutto-Haus für ein paar Stunden zu entkommen. Dafür nahm er auch gerne die holprige Fahrt in Bobs Käfer auf sich. Er unterdrückte den Wunsch, einen Abstecher ans Meer zu machen oder Kelly zu besuchen, und nahm den direkten Weg zur Mission Canyon Road, wo die alte Freundin von Mr Torrance wohnte. Ihr Haus stand inmitten von hohen Kakteen auf einem kleinen Hügel. Es war beinahe so heruntergekommen wie das Anwesen der Sciuttos, doch im Gegensatz zu dem herrschaftlichen Gebäude wirkte es freundlich und einladend. Peter stieg aus dem Wagen und klingelte an der Tür. Während er wartete, beobachtete er zwei Eidechsen, die über die heißen Steine im Vorgarten huschten. Nach einer Minute klingelte er erneut, doch niemand öffnete ihm. Der Zweite Detektiv warf einen Blick auf den Carport. Er war leer. Gut möglich, dass Daphne Crane unterwegs war.

Peter war für einen kurzen Augenblick missgestimmt. Er wollte noch nicht wieder zum Sciutto-Haus zurückfahren. Aber dann überlegte der Zweite Detektiv, dass er es ja in einer Stunde noch einmal bei Mrs Crane versuchen konnte. So lange würde er sich etwas in Rocky Beach rumtreiben. Er sah auf die Uhr. Ein Besuch bei Kelly würde zu lange dauern. Sicherlich würde sie alles über die Dreharbeiten – und vor allem alles über Latona – wissen wollen. Auch ein Besuch am Strand war nicht ratsam. Wenn er den Surfern zusah, würde er am Ende noch schwach werden und sein eigenes Brett von zu Hause holen. Und das ging wirklich nicht. Dafür konnte er sich woanders nützlich machen und ein paar Erkundungen anstellen. Eigentlich war das ja Bobs Aufgabe, aber wenn er schon mal in der Gegend war, konnte Peter auch in der Bibliothek vorbeischauen. Möglicherweise gab es dort Informationen über Federico Sciutto, die Bob bei seiner schnellen Recherche am Donnerstag übersehen hatte. Schon saß Peter wieder im Wagen und steuerte die Leihbibliothek von Rocky Beach an.

Seine Idee erwies sich kurz darauf als ziemlich gut. In der Bibliothek herrschten nämlich angenehme Temperaturen. Peter nahm sich zuerst das Zeitungsarchiv vor. Es gab tatsächlich ein paar ältere Einträge über die Sciuttos. Einige davon wiesen auf Auftritte des Marionetten-Meisters hin. Über Federico Sciutto und seinen Bruder fand er jedoch keine Informationen.

»Was für ein seltener Besuch!« Carol Bennett, die Leiterin der Bibliothek, trat zu dem Zweiten Detektiv. »Ist Bob etwa krank?«

»Nein, Madam. Heute mache ich mal die Recherche.« Peter sah von den Artikeln auf. »Aber so richtig fündig werde ich nicht. Ich frage mich, wie Bob das anstellt.«

»Für eine erfolgreiche Suche braucht man nicht nur Zeit, sondern auch ein gutes Suchsystem und Geduld. Bob macht seine Arbeit sehr gewissenhaft.«

»Dann sollte ich diese Recherche hier wohl besser aufgeben«, seufzte Peter. »Ich bin doch eher der ungeduldige Typ und von Ordnung halte ich auch nicht viel.«

Miss Bennett lachte. »Dafür bist du ein talentierter Sportler.

Man kann nicht in allem gut sein. Aber vielleicht kann ich dir bei deiner Suche weiterhelfen.«

»Das würden Sie wirklich tun?«

»Es macht mir Spaß! Und es ist gerade nicht viel los. Was möchtest du denn wissen?« Sie rückte ihre Brille zurecht und beugte sich über die Zeitungen, die er ausgebreitet hatte.

»Ich muss etwas über einen Mann namens Federico Sciutto rausfinden. Außerdem wüsste ich gerne etwas über Menschen, die von Geistern besessen sind. Und das alles am besten innerhalb der nächsten Stunde.«

»Na, das nenne ich eine interessante Herausforderung! Wollen wir doch mal sehen, was wir in dieser Stunde so alles herausfinden können.«

»Ich hoffe, Peter bringt uns wertvolle Informationen.« Justus kaute nervös auf einem Pfefferminzbonbon herum. Die Sonne stand bereits tief am Himmel und die Schatten der wenigen Bäume wurden immer länger. »Außerdem brauche ich endlich eine Gelegenheit, um ungestört die restlichen Marionetten zu untersuchen.«

»Und wir wollten auf den Dachboden«, erinnerte ihn Bob. »Das sollten wir noch vor Sonnenuntergang angehen. Ich weiß nicht, ob es da oben elektrisches Licht gibt.«

»Die Erkundung des Dachbodens können wir leider erst machen, wenn Peter wieder da ist«, sagte Justus leise. »Die Tür ist nämlich verriegelt.«

»Wir könnten Peters Dietrichset ausprobieren«, schlug Bob leise vor.

»Was tuschelt ihr da rum? Die Pause ist zu Ende!« Zack

winkte Bob und Justus heran. »Na los, Justus. Deine Person ist gefragt.«
Justus schluckte die Pastille runter und warf Bob noch einen unheilvollen Blick zu. »Welcher Idiot hat eigentlich im Drehbuch geschrieben, dass dieser impertinente Muffin von der Hexe geküsst wird?«
Der dritte Detektiv seufzte und nickte in die Richtung von Zack. »Was würde ich dafür geben, dass dieser blöde Drehtag zu Ende geht!«
Eine halbe Stunde später schien es, als hätte das Schicksal den dritten Detektiv erhört. Zack bekam bei der Szene im Flur einen elektrischen Schlag und stürzte vor Schreck rücklings in ein Regal, das über ihm zusammenbrach.
»Ich sterbe!«, lallte er, als Justus, Bob und Frank ihn aus den Trümmern zogen.
»Es hat dich ganz schön erwischt!« Frank untersuchte den Jungen. Ein dünnes Rinnsal Blut lief Zack die Stirn hinab. »Es hat richtig ›Bzzzzzzt!‹ gemacht! Und dann ist auch noch ein Brett auf deinen Kopf gefallen.«
»Er ist der Erste, den es erwischt!« Mary-Ann sah hinüber zu den Marionetten. »Es ist wie in diesem schrecklichen Film. Erst trifft es Zack, dann Peter und schließlich Latona!«
»Es war ein Unfall. Ich habe euch allen gesagt, dass ihr von der Wand wegbleiben sollt. Das Kabel da steht doch voll unter Strom!«, sagte Latona trocken. »Und was machen wir jetzt? Wir können ihn ja schlecht hier sterben lassen.«
Justus betrachtete den am Boden liegenden Zack. »So schlimm ist es auch wieder nicht.«
»Es fühlt sich aber schlimm an!«, sagte Zack unter lautem

Stöhnen und schob sich das Buch *Tod in Venedig* vom Bauch.
»In der Tat sollte man Stromschläge nicht unterschätzen.« Frank sah besorgt aus. »Das Herz kann bei so einem Schlag aussetzen und es kann zu schweren Komplikationen kommen. Wobei es so aussieht, als habe Zack den Stromschlag einigermaßen heil überstanden.«
»Ich könnte ihn ins Krankenhaus bringen!« Mary-Ann stand eilig auf. »Nicht dass er tatsächlich stirbt!«
»Ja, das wäre doch lästig, wenn wir hier am Ende noch eine tote Leiche hätten.« Latona unterdrückte ein Lachen.
»Es geht hier um mein Leben, wenn ich das mal betonen dürfte!«, sagte Zack empört.
»Ich fahr dich ja schon«, beruhigte ihn Mary-Ann.
Frank wischte sich das Blut von den Fingern und besah sich das Chaos. »Dann räumen wir so lange auf und drehen nur noch die Szene, in der Muffin die Hexe umbringt.«
Gemeinsam brachten sie den ächzenden und stöhnenden Zack zum Wagen von Mary-Ann.
Mit einem heiseren »Ich glaube, ich sterbe!« ließ er sich auf die Rückbank fallen. »Hier ist schon alles voller Blut!«
»Da ist kein Blut, die Sitze sind aus rotem Stoff.« Justus schloss genervt die Tür hinter Zack.
»Seid mir nicht böse, aber ich bleibe danach doch lieber in Rocky Beach«, sagte Mary-Ann, als sie ins Auto stieg. »Wir sehen uns morgen wieder!«
»Kein Problem«, verkündete Latona großzügig. »Wir kommen hier auch ohne euch klar.«

»Ich muss jetzt leider los, Miss Bennett!« Peter sah unzufrieden auf die Uhr. Er musste sich beeilen, wenn er genug Zeit für ein Gespräch mit Mr Torrance' Freundin Daphne Crane haben wollte.

»Schade, ich denke, hier könnten wir noch einiges über die Sciuttos finden.« Miss Bennett hatte im Computer die archivierten Zeitungsartikel aufgerufen und klickte sich durch eine lange Liste.

»Zu blöd.« Peter strich sich nervös durch die rotbraunen Haare. »Wenn ich doch nur mehr Zeit hätte.«

»Ich hätte eine Lösung!«, sagte Mrs Bennett. »Du fährst zu deinem Termin und ich mache hier weiter. Und wenn du fertig bist, schaust du noch mal kurz vorbei und ich erzähle dir, was ich herausgefunden habe.«

»Ist die Bibliothek dann nicht schon zu?«

»Für normale Besucher schon.« Sie lächelte. »Aber wenn du klingelst, lasse ich dich rein. Ich wollte heute sowieso noch etwas am Computer arbeiten.«

»Wunderbar! Sie sind ein Engel, Miss Bennett!« Peter sprang auf.

»Ach was, ihr Detektive habt mir ja auch schon geholfen.«

So schnell, wie es erlaubt war, düste der Zweite Detektiv zurück zur Mission Canyon Road. Dieses Mal hatte er Glück: Ein alter Ford stand im Carport.

Peter klingelte erneut. Kurz darauf öffnete sich die Tür. Eine ältere Dame in einem bunten Kleid blickte ihm entgegen. Sie trug einen Turban und eine Kette aus großen Bernsteinen.

»Ja bitte?« Sie sah ihn überrascht an.

»Sind Sie Mrs Crane?«, fragte Peter so höflich wie möglich.

»Die bin ich.«
»Mr Torrance hat mir Ihre Adresse gegeben. Meine Freunde und ich, wir sind Nachwuchsdetektive und beschäftigen uns gerade mit ein paar Marionetten.«
»Ich weiß, ich weiß!« Sie winkte ihn ins Haus. »Terrence hat mich schon angerufen und mir Bescheid gegeben.«
»Äh, Mr Torrance«, verbesserte Peter die Dame.
»Das sage ich ja. Terrence Torrance hat mich bereits angerufen.«
Peter fand, dass Eltern nicht das Recht hatten, ihrem Kind einen so dämlichen Namen zu geben. Kopfschüttelnd folgte er Mrs Crane durch den engen Flur.
»Ich habe noch alte Fotos von einem der Auftritte!« Mrs Crane führte den Zweiten Detektiv in ein vollgestelltes Wohnzimmer, in dem sich zahllose Bücher, Zeitungen und Kunstgegenstände stapelten.
»Ich bin immer sehr gerne ins Marionettentheater gegangen. Früher ist Dario Sciutto oft hier in der Gegend aufgetreten Er war wirklich der beste Marionettenspieler seiner Zeit.«
»Kannten Sie ihn persönlich?«
»Nun, befreundet waren wir nicht, aber ich habe ein paarmal mit seiner Frau gesprochen Manchmal waren sie und die Kinder dabei, wenn er auftrat.«
Peter klappte seinen Notizblock auf. »Hat Mr Sciutto immer ein bestimmtes Stück gespielt?«
Mrs Crane wühlte in einem Karton. »Nein, es gab mehrere. Dario Sciutto inszenierte Ausschnitte aus weltbekannten Dramen wie *Hamlet* oder *Faust*. Aber er brachte auch Märchen und Mythen auf die Bühne.«
»Er hat die Stücke also nicht selbst geschrieben?«

»Die meisten nicht. Ich erinnere mich allerdings an ein Stück, das von ihm stammte.« Sie zog ein Blatt Papier aus dem Karton und hielt es Peter hin. »Wusste ich doch, dass ich es aufbewahrt habe!« Es war ein kleines Plakat, das ein Theaterstück ankündigte: *»Il teatro della Marionette« zeigt »Tod eines Harlekins«, ein Drama in drei Akten.* Unter der Schrift sah man ein gezeichnetes Bild der Marionetten auf einer Bühne.

»Es war auch das letzte Stück, das er aufführte«, erklärte Mrs Crane. »Danach zog er sich aus dem Theaterleben zurück.« Nach einer kurzen Pause gab sie ein zufriedenes »Aha!« von sich. Offenbar hatte sie gefunden, wonach sie gesucht hatte: mehrere verknickte Schwarz-Weiß-Fotos. Sie reichte ihm die Bilder. »Das war nach der Vorstellung. Der Mann links ist der Marionetten-Meister Dario Sciutto. Der Junge mit dem ernsten Gesicht und den schwarzen Locken ist sein ältester Sohn Federico und der kleinere Junge, der die Figur des Todes hält, ist sein Jüngster, Feliciano. Das war Mitte der Siebzigerjahre. Federico war damals vielleicht siebzehn oder achtzehn. Ich erinnere mich, dass er unbedingt in die Fußstapfen seines Vaters treten wollte. Soweit ich weiß, hat er später mit mäßigem Erfolg auf Wanderbühnen als Schauspieler und Clown gearbeitet. Der jüngere Feliciano war da ganz anders.«

Peter betrachtete die Gesichter. Federico war kräftiger geworden, aber sonst hatte er sich wenig verändert. Aber auch Feliciano kam Peter auf merkwürdige Weise vertraut vor, so als habe er ihn gerade erst gesehen – auch wenn er wusste, dass das nicht sein konnte. Vor einer halben Stunde erst hatte er in der Bibliothek gemeinsam mit Miss Bennett den sicheren Hinweis auf Felicianos Tod gefunden – die Traueranzeige der Familie. Der Mann war auf dem Friedhof von Rocky

Beach begraben. Nervös sah sich Peter das nächste Foto an. Wieder hatte er das Gefühl, Feliciano zu kennen. Vielleicht aus einem Traum? Oder durch die Marionetten? Diesen Gedanken wollte er lieber nicht weiterverfolgen. Darum wendete er sich wieder an Mrs Crane. »Wovon handelt ›Tod eines Harlekins‹?«

Sie überlegte einen Moment. »Es ist die Geschichte von einem König, der ein großer Kriegsherr ist. Als er aus der Schlacht zurückkommt, ist er verändert und kann sich an nichts mehr erfreuen. Man erfährt, dass er seit seinem letzten Kampf die Gabe hat, durch die Fassade der Menschen zu blicken und die Wahrheit zu erkennen. Fortan zieht er sich immer mehr zurück. Auch seine Königin will er nicht mehr sehen, da sie zwar schön ist, aber ein kaltes Herz hat. Erst als ein geheimnisvoller Harlekin vor ihm auftritt, kann der König wieder lachen. In ihm sieht er etwas, das ihn fröhlich macht. Darum bittet er den Harlekin eindringlich am nächsten Tag wiederzukommen. Doch die Königin ist nicht nur eifersüchtig, sondern fürchtet eine Verschwörung. Noch in derselben Nacht ersticht sie den Harlekin. Als er tot vor ihr liegt, erkennt sie, dass es ihr eigener Sohn ist. Er war aus einem fernen Land hergereist und in einem Kostüm aufgetreten, um dem Vater das Lachen zurückzubringen.« Mrs Crane machte eine bedeutungsvolle Pause. »Als der Tod kommt, um den Prinzen zu holen, sagt er der Königin, dass er sie für immer am Leben lassen wird, damit sie ihre Tat bis in die Ewigkeit bereuen kann.«

»Das klingt nicht gerade fröhlich«, fand Peter. »Und der Tod spielt wieder eine große Rolle.«

Daphne Crane nickte. »Dario Sciutto hat nie Komödien inszeniert. Seine Stücke waren alle sehr düster.«

Der Meister der Recherche

An diesem Tag ging die Sonne in einem unheimlichen Dunst aus Staub und Nebel unter. Die Fensterscheiben des Sciutto-Hauses brachen das Licht und warfen blutrote Strahlen auf die Terrasse und den Parkplatz.

»Schade, dass unsere Ausrüstung nicht gut genug ist. Sonst könnten wir bei dem Licht eine stimmungsvolle Außenszene drehen«, sagte Frank bedauernd. »Aber so müssen wir für heute Schluss machen.« Er sah erschöpft aus dem Fenster. »Wenn ihr nichts dagegen habt, würde ich gerne kurz unter die Dusche gehen.«

»Kein Problem, wir haben ja heute Abend Küchendienst«, sagte Bob. »Wir rufen dich, wenn das Essen fertig ist.«

Als Frank im Bad verschwunden war, drehte sich Justus zu Latona. »Du wolltest uns heute Morgen etwas sagen!«

»Wollte ich das?«

Sie gingen in die Küche. Im Zwielicht suchte Bob vorsichtig nach dem Lichtschalter. Nicht dass er am Ende noch in ein Kabel fasste. Eine Elektropanne am Tag reichte.

»Ich gebe es zu!«, gestand Justus. »Wir arbeiten an einem Fall.«

»Und du würdest uns sehr helfen, wenn du uns sagst, was dir aufgefallen ist«, fügte Bob hinzu.

»Eine versteckte Tür.« Latona schnappte sich ein dünnes langes Bratenmesser.

»Wo denn?«

»In dem kleinen Zimmer neben der Dachbodentreppe. Es gibt dort einen Schrank. Ich wollte hineinklettern, um Mary-Ann zu erschrecken. Da habe ich festgestellt, dass er keine Rückwand hat. Der Schrank steht genau vor einer offenen Tür und die wiederum führt in einen weiteren Schrank.«
»Und der müsste im Zimmer von Frank und Zack stehen«, entfuhr es Bob.
»Richtig. Franks Klamotten lagen überall rum.«
»Dann konnten Zack und Frank nachts ja doch auf den Flur – und zwar ohne dafür durch unser Zimmer zu gehen.«
»Exakt! Und noch was!«
»Was denn, Latona?«
»Ich habe in den frühen Morgenstunden Schritte auf der Dachbodentreppe gehört.« Latona legte eine Tomate auf ein Holzbrett und begann sie in Scheiben zu schneiden – ohne dabei auf ihre Finger zu sehen. Bob fürchtete, dass sie jede Sekunde danebentreffen könnte, aber Latona zerkleinerte die Tomate mit präziser Genauigkeit. »Bestimmt haben der böse Frank und der böse Zack da oben ganz böse Dämonen beschworen.«
»Mach dich nur lustig.« Bob schnappte sich ebenfalls eine Tomate, bearbeitete sie aber lieber mit einem kleinen Messer. »Ich könnte mir eher vorstellen, dass einer von ihnen da oben das Filmmaterial manipuliert hat.«
»Frank und Zack stehen jetzt jedenfalls wieder auf der Liste der Verdächtigen«, sagte Justus nachdenklich. Ein lautes Klingeln ließ ihn zusammenzucken. Es kam von dem Firmen-Handy der drei ???, das an Justus' Gürtel geschnallt war.
»Na, da hast du aber Glück, dass das nicht während des Drehs losgegangen ist!« Latona kippte die Tomaten in einen Topf.

Der Erste Detektiv hielt das Handy ans Ohr und ratterte seinen üblichen Begrüßungssatz runter: »Justus Jonas von den drei Detektiven.«

»Ich bin es«, meldete sich Peter.

»Wo bist du?«

»Ich bin in der Bibliothek.«

»Wo bitte?« Justus war überrascht. »Solltest du nicht bei Mrs Crane sein?«

»Da war ich schon.«

»Hast du etwas rausgefunden?«

»Ja! Sogar recht viel!«, antwortete Peter triumphierend.

»Dann raus damit, Zweiter!«, drängte Justus.

Gut gelaunt erzählte Peter am Telefon das Theaterstück nach und berichtete auch von dem alten Foto und den beiden Brüdern.

»Konnte dir Mrs Crane denn auch etwas über diesen Feliciano erzählen?«, fragte Justus schließlich, als Peter eine Redepause machte.

»Sie nicht, dafür aber Miss Bennett!«, verkündete der Zweite Detektiv. »Also, ich habe mich doch tatsächlich allein ohne Bob in die Bibliothek gewagt. Und das nicht umsonst!«

Justus wurde etwas ungeduldig. »Komm zum Punkt, Peter! Sonst ist der Handy-Akku alle, bevor du ausreden kannst.«

»Schon gut, Just. Ich habe eben rausgefunden, dass Feliciano Sciutto mit seiner Lebensgefährtin und ihrem gemeinsamen Sohn in Rocky Beach gelebt hat. Er war Wissenschaftler und hat für die UCLA, die Universität von Los Angeles, gearbeitet. Und zwar für das Institut für Neurobiologie.«

»Er hat da gearbeitet?«, hakte Justus nach. »Was macht er denn jetzt?«

»Gar nichts mehr«, berichtete Peter. »Vor einem halben Jahr ist Feliciano bei einem Autounfall ums Leben gekommen. Er ist auf der Küstenstraße zu schnell gefahren und kurz vor Malibu bei einem Überholmanöver mit einem Lastwagen zusammengestoßen.«

»Dann hat Mrs Sciutto ja zumindest bei einem Sohn die Wahrheit gesagt.« Justus setzte sich mit dem Telefon auf einen der wackeligen Küchenstühle. »Während Federico lebt, ist Feliciano tatsächlich gestorben.«

»Sein Bruder Federico war übrigens nicht bei der Beerdigung.«

»Wahrscheinlich, weil er da im Gefängnis war«, vermutete Justus.

»Ganz richtig«, gab Peter zurück. »Und die Ironie dabei ist, dass Federico ausgerechnet wegen Trunkenheit am Steuer und Fahrerflucht im Knast saß.«

»Die Familie scheint nicht gerade zu den sicheren Autofahrern zu gehören«, fand Justus. »Gibt es noch mehr Informationen über Federico?«

»Ja, die gibt es. Ich habe rausgefunden, dass Federico früher schon einmal im Gefängnis war, wegen Körperverletzung. Er hat einen Mann so schlimm verprügelt, dass er ins Krankenhaus musste. Das ist allerdings schon ziemlich lange her.«

»Alle Achtung! Ich hätte nicht gedacht, dass du so ein Meister der Recherche bist!«, musste Justus zugeben. Bob sah ihn bei diesen Worten fragend an. Der Erste Detektiv wusste, dass Bob es nicht mochte, wenn man ihm sein Fachgebiet streitig machte. Doch Peter erzählte bereits weiter. »Warte, bis ich dir erzähle, wer noch alles zu der Familie gehört! Der verstorbene Feliciano Sciutto und seine Lebensgefährtin haben nämlich einen Sohn. Und der ist uns bestens bekannt!«

»Es ist vermutlich Frank!«, erwiderte Justus.

»Woher weißt du das?« Peter war hörbar enttäuscht. »Sie haben doch nicht einmal denselben Nachnamen.«

»Es passt einfach alles ins Bild.«

»Wie denn?«, wollte Peter wissen.

»Es würde wirklich zu lange dauern, dir das im Detail zu erklären. Nur so viel: Frank Norman hat für die letzte Nacht nun doch kein Alibi, er kann Italienisch und hat ein deutliches Interesse an Neurologie. Ich habe diese für sich stehenden Fakten im Kopf kombiniert und aus dem Ergebnis meine Vermutung abgeleitet. Zudem hast du erwähnt, dass Feliciano Sciutto und seine Partnerin nicht verheiratet waren. Daher konnte der Sohn auch einen anderen Nachnamen haben als sein Vater, nämlich den der Mutter. In diesem Fall also ›Norman‹.«

»Du liegst wie so oft richtig«, kam es anerkennend von Peter. »Aber da ist noch etwas, das ich euch erzählen muss!«

»Schieß los!«

»Bob lag gar nicht so falsch, als er meinte, dass du vielleicht geschlafwandelt bist. Ich habe in der Bibliothek nachgelesen, dass manche Schlafwandler für Besessene gehalten wurden, weil sie sich merkwürdig verhielten. Sie fühlen sich von Lichtquellen angezogen und versuchen immer darauf zuzugehen. Bezeichnend ist, dass viele Schlafwandler einen Schock erleiden, wenn sie aufgeweckt werden. Außerdem kann es passieren, dass Leute schlafwandeln, weil sie starkem Stress ausgesetzt sind.«

»Ich würde sagen, du hattest mehr Stress als ich, Zweiter«,

warf Justus ein. »Dennoch klingt die Schlafwandel-Theorie für mich noch am einleuchtendsten. Gibt es sonst noch Auslöser für Schlafwandeln? Zum Beispiel besonders hohe Zimmertemperaturen oder bestimmte Umgebungen?«
»Warte!« Aus der Leitung kam ein Rascheln. »Ich habe mir das alles aufgeschrieben.« Peter machte eine kurze Pause, dann fuhr er fort. »Manche Schlafwandler reagieren stark auf Medikamente, wieder andere beginnen nach einem schrecklichen Erlebnis mit ihren nächtlichen Touren.«
»Das können wir beides ausschließen«, sagte Justus. »Ich habe keine Medikamente genommen und ein schreckliches Ereignis habe ich dieses Wochenende ja auch nicht gehabt. Jedenfalls keins, das so schlimm war, dass es als Auslöser reichen würde.«
»Ich hoffe trotzdem, dass du nur geschlafwandelt bist«, gestand Peter. »Die Vorstellung, dass die Marionetten dich im Griff hatten, ist mir nicht geheuer.«
»Es gibt immer eine logische Erklärung.«
»Dann solltet ihr sie finden. Wartet nicht mit dem Abendbrot auf mich. Sicher bin ich nicht vor zehn bei euch. Eigentlich wollte ich nicht bei Kelly vorbeischauen, aber jetzt habe ich tatsächlich so etwas wie ein schlechtes Gewissen. Ein kurzer Krankenbesuch muss also drin sein. Außerdem braucht der Käfer eine neue Tankfüllung. Das erledige ich dann auch gleich noch.«
»Grüße Kelly von mir, ich wünsche ihr gute Besserung.«
»Mach ich! Und ihr passt auf euch auf.« Peter legte auf.
»Was hat er gesagt?«, fragte Bob.
Ausführlich wiederholte Justus alles, was Peter ihm erzählt hatte. »Langsam verdichten sich die Hinweise zu einem kom-

plexen Bild«, murmelte er schließlich. »Es wird Zeit, dass wir dem Dachboden einen Besuch abstatten!«
»Das muss wohl besser noch etwas warten«, zischte Bob leise, als er hörte, wie Frank die Treppe runterkam. Kurz darauf trat der schwarzhaarige Junge in den Raum. Er rubbelte sich mit einem Handtuch über den Kopf. »Alles klar?«
»Ja, ganz wunderbar«, sagte Bob mit einem Seitenblick auf Justus.
»Könnte nicht besser sein!« Latona grinste und teilte mit einem schwungvollen Hieb eine Zwiebel in zwei Teile. »Es gibt Spaghetti.«

Es dauerte lange, bis sie gegessen hatten und Frank endlich ein Buch und eine dicke Kerze hervorkramte, um im Innenhof zu lesen. »Aber nachher spielen wir alle noch eine Runde, oder?«, fragte er. »Dieses Mal vielleicht ein netteres Spiel!«
»Ja gerne!«, rief Justus ihm durch die offene Terrassentür zu. Dann wandte er sich mit leiser Stimme an Bob. »Solange er draußen ist, haben wir freie Bahn. Du gehst auf den Dachboden und ich nehme die Harlekin-Marionette mit in die Werkstatt und untersuche sie.«
»Warum ausgerechnet den Harlekin?«, wollte Bob wissen.
»In dem Medaillon hieß es *Mein sterbendes Herz ist der Schlüssel.* Von dem Harlekin wissen wir, dass er in Sciuttos eigenem Stück stirbt. Außerdem ist der Harlekin der Sohn des Königs, so wie Federico der Sohn des Marionetten-Meisters ist.« Justus reichte Bob das Firmen-Handy der drei ???. »Das muss aufgeladen werden.«
»Dann soll ich also allein auf den Dachboden?« Bob steckte das Handy in seine Hosentasche.

»Ich kann dir versichern, dass dort oben keine Gespenster auf dich lauern, Bob«, sagte Justus ungerührt. »Da ist höchstens Staub und Fliegendreck.«

»Ich kann ja mitgehen!« Latona warf Bob einen Blick zu, der ihn zusätzlich beunruhigte.

»Nein danke, ich schaffe das auch ohne Hilfe.« Der dritte Detektiv verließ zügig den Raum.

»Wenn du magst, kannst du Frank im Auge behalten«, schlug Justus vor, als Latona ihn erwartungsvoll ansah.

»Ein spannender Job!« Latona schnaubte verächtlich. »Aber bitte. Dann setze ich mich mal ganz unauffällig an den Pool und hänge da etwas ab.«

Die Quelle der Angst

In der kleinen Werkstatt im Erdgeschoss legte Justus den Harlekin auf den Tisch. Wieder schellten die kleinen Glöckchen leise. Das hölzerne Gesicht grinste den Ersten Detektiv schelmisch an. Aber an diesem Abend verspürte Justus keine Angst. Im Gegenteil, er war ganz ruhig. Gewissenhaft nahm er sich die Marionette vor. Er musste den Oberkörper freilegen, ohne dabei die Kleidung des Harlekins zu zerstören. Das war nicht leicht, denn der Stoff war an manchen Stellen schon recht porös. Er kniff die Augen zusammen. Die Beleuchtung im Raum war nicht die beste. Draußen war es mittlerweile komplett dunkel. Im Gegensatz zur vorigen Nacht war der Mond über den Küstenbergen nicht blass, sondern rot. Peter hätte sicherlich etwas von einem bösen Omen erzählt. Justus hingegen wusste, dass die rote Farbe ganz natürlich war. Das Licht wurde in der Erdatmosphäre so gebrochen und gestreut, dass nur das langwellige rote Licht auf die Erde traf. Kein Grund zur Besorgnis, dachte er. Der Mond konnte ihm nichts anhaben, egal wie unheimlich er auch aussah. Und an böse Omen glaubte der Erste Detektiv auch nicht.

Ein paar Meter über der Werkstatt sah Bob denselben Mond durch das Dachfenster. Er hatte versucht die Tür mit Peters Dietrichset zu öffnen, doch es war ihm nicht gelungen. Bob fehlte die Erfahrung mit den Dietrichen. Die alte Tür hatte schließlich jedoch von allein nachgegeben, der Dorn war einfach durch das morsche Holz in der Türzarge gebrochen. Mit einem lauten Quietschen war die Tür schließlich aufgeklappt und hatte den Blick auf den dunklen Dachboden freigegeben. Muffige Hitze schlug Bob entgegen, als er den Schein seiner Taschenlampe über den Fußboden wandern ließ. Er sah Fußspuren im Staub. Es waren Abdrücke von Turnschuhen. Bob richtete die Lampe auf eine Ansammlung alter Möbel. Im Licht wurde ein Schreibtisch sichtbar und eine Kiste mit kleinen Fläschchen. Der dritte Detektiv trat näher an den Tisch ran. Zügig und doch so gewissenhaft wie möglich verschaffte sich Bob einen Überblick. Es sah so aus, als hätte hier erst vor kurzem jemand gearbeitet – jemand Ordentliches. In einem Becher standen Kugelschreiber, daneben befanden sich ein Fotoapparat und ein Diktiergerät. In der Mitte lagen Bücher, Zeitschriften, ein Notizblock und ein Laptop. Der Dachboden beherbergte ein kleines, aber gut ausgestattetes Büro! Bob nahm die Bücher in die Hand. Es waren keine Romane, sondern medizinische und psychologische Fachbücher. Auch die Zeitschriften behandelten wissenschaftliche Themen. Auf den zweiten Blick stellte er fest, dass sie sich alle mit dem Thema »Angst« beschäftigten. Ganz zuoberst lag ein Artikel über experimentell hervorgerufene Panikattacken. Bob las ein paar Sätze, musste sich jedoch gleich darauf eingestehen, dass er mit Wörtern wie »limbisch-hypothalamisch-hypophysäre Achse« oder »psychopathologisches Syndrom« nichts anfangen konnte. Er tröstete sich damit, dass wahrscheinlich nicht einmal Justus den Text ganz und gar verstanden hätte. Dann wendete er sich den Notizen zu, die in ordentlicher Schrift auf den Block geschrieben waren: *»Versuchspersonen reagieren auf exogene Reize und zeigen die vermuteten Symptome.«*

In diesem Augenblick spürte Bob, wie sich etwas in seiner Hosentasche bewegte, begleitet von einem Summton. Er zuckte zusammen.

»Na, wenn das mal keine SMS ist!«

Der dritte Detektiv fuhr erschrocken herum. Er riss die Taschenlampe hoch. Im Lichtkegel erkannte er Franks rundliches Gesicht. Obwohl die Lampe ihn blenden musste, kniff Frank nicht die Augen zusammen.

»Es war also wirklich nur eine Frage der Zeit, bis einer von euch mein kleines Labor finden würde«, sagte er bedauernd. »Das habe ich von Anfang an befürchtet. Mit drei Detektiven unter einem Dach lässt sich kein Geheimnis lange bewahren.«

»Wie kommst du …«

»Du willst wissen, wie ich hier hochkomme? Und das, obwohl Latona mich bespitzeln sollte?« Frank lächelte überlegen. »Latona war so frei, mit mir eine Limonade zu trinken. Und da habe ich ihr etwas Schlafmittel gegeben. Sie schläft ganz friedlich auf dem Küchenfußboden. Und dein Freund Justus ist momentan ja wohl mit diesen abscheulichen Marionetten beschäftigt.«

»Was hast du vor?«

Frank legte den Kopf schief. »Das entscheide ich, wenn wir unser kleines Gespräch beendet haben.«

Bob nahm die Kamera in die Hand. »Du hast uns die ganze Zeit beobachtet, oder?«

»Sehr richtig, Bob. Ich habe euch alle beobachtet. Und ich habe mir erlaubt euch etwas zu ängstigen.« Frank lachte leise.

Bob blickte auf die Fachbücher und die Notizen. »Es war

ein Experiment!«, schlussfolgerte er. Frank antwortete nicht. Doch Bob war sich sicher, dass er ins Schwarze getroffen hatte. Peter hatte am Telefon gesagt, dass Franks Vater Wissenschaftler gewesen war. Vielleicht war das der Grund für diese merkwürdigen Studien. Bob beschloss sein Gegenüber darauf anzusprechen. »Lass mich raten, es hat etwas mit deinem verstorbenen Vater zu tun, nicht wahr?«

Frank zuckte leicht zusammen, als Bob das Wort »Vater« aussprach. Doch er sagte noch immer nichts. Anscheinend legte er sich gerade eine Strategie zurecht, wie er mit Bobs Entdeckung umgehen wollte.

»Willst du seine Versuche weiterführen?«, fragte der dritte Detektiv. »Willst du Feliciano Sciuttos Arbeit am Leben erhalten?«

Dieses Mal schwieg Frank nicht. »Woher wisst ihr von meinem Vater?« Seine Stimme hatte einen eiskalten Unterton bekommen.

»Wir sind gut! Es ist genau so, wie du eben gesagt hast: Mit drei Detektiven unter einem Dach lässt sich kein Geheimnis lange bewahren. Oder glaubst du, wir würden uns einfach so an der Nase herumführen lassen?«

»Nein. Mir war schon klar, dass ihr ein Problem werden würdet.« Frank gab ein Schnauben von sich. »Deshalb wollte ich Justus und dich auch nicht im Team haben. Aber Peter wollte ja ohne euch nicht mitmachen, sondern lieber mit Jeffrey bei diesem blöden Cowboyfilm mitspielen.«

»Aber du wolltest Peter auf jeden Fall im Team haben«, stellte Bob fest.

»Ja, ich brauchte unbedingt jemanden, der abergläubisch ist.

Also musste ich in den sauren Apfel beißen. Besonders, nachdem Kelly und Dean krank geworden sind.«

»Ich verstehe: Du wolltest eine Gruppe von Leuten, die man leicht ängstigen kann«, kombinierte Bob. »Eine Gruppe, die sich gegenseitig in totale Panik steigert.«

»Wenigstens gestern Nacht hat das geklappt«, sagte Frank zufrieden. »Ihr habt eine beachtliche Bandbreite von Angstreaktionen gezeigt und damit bewiesen, wie eine Gruppe vollkommen gesunder junger Menschen plötzlich den Verstand verliert, weil sie einer unerklärlichen Bedrohung ausgeliefert ist.«

»Schön für dich!«, zischte Bob. »Mir hat das eher weniger Spaß gemacht.«

»Das liegt in der Natur der Sache«, bemerkte Frank ruhig.

»Also, was ist nun mit dem Versuch und den Studien deines Vaters?«, kam Bob auf seine vorherige Frage zurück. »Willst du es mir verraten?«

»Aber natürlich.« Frank nickte. »Mein Vater hat eine neurologische Studie über chemische Blockaden von Angst und Stress gemacht. Er wollte beweisen, dass bestimmte Stoffe Angstreaktionen beeinflussen können.«

Bob versuchte zu verstehen, was Frank ihm da erklärte, doch er musste erneut passen. Er kam sich vor wie Peter, wenn der Zweite Detektiv mal wieder über Justus' Wortschatz rätselte. Aber wenn er die Sache begreifen wollte, musste er nachfragen. »Was heißt das in Normalsprache?«

»Mein Vater hat sich mit Hirnforschung beschäftigt, um neue Medikamente gegen Angstzustände zu entwickeln.«

»Und, war er dabei erfolgreich?«

Franks Stimme nahm einen verbitterten Ton an. »Er hat sein

Projekt nie beenden können. Und als er starb, wurde die Studie einfach eingestellt. Niemand interessierte sich mehr für das Werk meines Vaters. Meine Großmutter und ich waren fassungslos.«

»Da wolltest du es fortführen?«, wiederholte Bob seine Vermutung.

»Nicht sofort«, wandte Frank ein. »Dazu fehlt mir das medizinische Wissen. Aber ich habe mir die Aufzeichnungen meines Vaters durchgelesen und einige seiner Akten und Labormaterialien sichergestellt, bevor sie abgeholt wurden. Wenn ich aufs College gehe, werde ich sein Werk vollenden. Dazu brauche ich allerdings ein gutes Labor und wissenschaftliche Unterstützung.«

»Und warum versetzt du dann jetzt schon alle Welt in Angst und Schrecken?«, konterte Bob.

»Weil Großmutter mich ermuntert hat weiterzuforschen. Bis ich richtig loslegen kann, versuche ich mich, so gut es geht, mit dem Thema Angst zu beschäftigen. Ich studiere Angst in all ihren Formen.«

»Und das Filmprojekt gab dir eine wunderbare Gelegenheit, Feldstudien zu machen«, stellte Bob fest. »Was eignet sich besser als ein Horrorfilm vor einer unheimlichen Kulisse.«

»Es war ein Glücksfall, dass Großmutter das Haus noch nicht verkauft hatte«, gab Frank zu.

»Ich muss gestehen, du hast es sehr geschickt angestellt!« Bob setzte sich auf die Kante des Schreibtisches. »Damit niemand von uns Verdacht schöpfte, hast du stets durch andere gehandelt. Du brachtest Mary-Ann über Umwege dazu, deine Großmutter anzurufen. Da Mrs Sciutto einen anderen Nachnamen trägt als du, stellte niemand einen Zusammenhang her. Das Schauermärchen über die Marionetten kam ebenfalls nicht direkt von dir, sondern von deiner Großmutter. Sie hat es erstaunlich glaubwürdig rübergebracht.«

»Sie ist eine ausgezeichnete Schauspielerin und hatte das Gespräch gut vorbereitet«, erklärte Frank.

»Ich bekenne, dass wir tatsächlich auf sie reingefallen sind«, sagte Bob. »Ihre ganze Geschichte wurde ja auch noch durch die gefälschten Zeitungsartikel und Tagebucheinträge bestätigt.«

»Nicht ganz. In diesem Fall mussten Großmutter und ich nicht einmal lügen. Die Texte waren größtenteils echt. Mein Großvater und seine spinnigen Vorfahren waren nämlich tatsächlich überzeugt, dass die Marionetten übersinnliche Kräfte besitzen. Wir mussten also nur seine Aufzeichnungen kopieren und ein paar gefälschte Papiere hinzulegen. Im Pool ist außer einer Maus noch nie jemand ertrunken. Zumindest ist mir keine solche Geschichte bekannt. Aber die Nachricht von der Wasserleiche hat Mary-Ann total erschreckt und selbst Justus wollte nicht ins Wasser steigen.«

»Egal ob echt oder erfunden, bei deiner Großmutter ging dein schöner Plan bereits schief: Eigentlich sollte die ängstliche und abergläubische Mary-Ann nach dem Besuch bei ihr die Spukgeschichten mit allen schaurigen Details weitererzählen. Sie sollte das Team in Angst und Schrecken versetzen, noch bevor einer von ihnen das Haus betrat. Doch leider mischte sich Justus ein. Anstatt für Panik zu sorgen, begannen wir zu ermitteln.«

»Das hat mich kurzfristig auch sehr verärgert!« Franks Blick verfinsterte sich wieder.

»Dennoch machtest du weiter«, sagte Bob mit Zorn in der

Stimme. »Und zwar mit dem ›Tat oder Wahrheit‹-Spiel im Hof! Du konntest es nicht selbst vorschlagen, um dich nicht verdächtig zu machen. Daher hast du es erwähnt und gesagt, dass du es auf keinen Fall spielen möchtest. Dabei bist du davon ausgegangen, dass Latona darauf anspringen würde. Und tatsächlich: Sie war sofort Feuer und Flamme. Schon bald mussten wir alle unheimliche Prüfungen bestehen. Sogar Justus hat sich geängstigt. Aber das geht auch auf deine Kappe, nicht wahr?«

»Er war tatsächlich ein schwieriger Fall«, gab Frank zu. »Bei Justus musste ich zu härteren Methoden greifen.« Er grinste und legte die Finger aneinander. »Soll ich dir die Quelle der Angst zeigen?«

Die tote Lagune

Justus war so vertieft in seine Arbeit, dass er nicht bemerkte, wie die Zeit verging. Er hatte das Gewand des Harlekins geöffnet und vorsichtig das Holz der Puppe untersucht. Dort, wo bei einem Menschen das Herz lag, gab es eine kleine Klappe. Der Mechanismus erwies sich als trickreich. Der Erste Detektiv war geschickt, aber es dauerte, bis das Fach aufging und seinen Inhalt preisgab. Gespannt holte Justus das Geheimnis des Harlekins ans Licht.
Von wertvollen Edelsteinen konnte nicht die Rede sein. Statt eines Schatzes gab es nur einen kleinen Schlüssel und ein dünnes, zusammengerolltes Papier. Darauf stand:

Lieber Federico, wenn Du das liest, bin ich wahrscheinlich nicht mehr unter den Lebenden und Du suchst Dein rechtmäßiges Erbe als Meister der Marionetten. Die Nixen der toten Lagune haben die Antwort. Schalte den Kopf ein und hole an Land, was Dir gebührt.

Justus legte den Zettel beiseite. Von was für einer Lagune war in dem Brief die Rede? Justus erinnerte sich daran, dass es in der italienischen Stadt Venedig eine Lagune gab. Aber sollte Federico für sein Erbe extra nach Europa fahren? Und wie konnte er noch dazu Fabelwesen wie Nixen um Hilfe bitten?
Justus starrte hinaus auf den Mond, der langsam höher stieg.

Vielleicht war es ratsam, Bob den Fund zu zeigen. Jetzt erst merkte Justus, dass sein Freund schon eine ganze Weile auf dem Dachboden war. Er steckte den Zettel und den Schlüssel in die Hosentasche und machte sich auf den Weg durch den Flur. Die Terrassentür stand noch immer offen. Die langen Vorhänge bewegten sich leicht im Nachtwind. Draußen hörte er Schritte. Die Umrisse eines Menschen tauchten im Türrahmen auf. Justus machte unwillkürlich einen Schritt zurück. Es konnte weder Frank noch Latona sein. Auch Peter kam nicht in Frage. Die Person, die dort stand, war zu breitschultrig und gedrungen.

War das etwa Federico Sciutto? Und wieso hatten Latona und Frank ihn nicht entdeckt?

»Frank?« Die Stimme war tief und rau.

Justus wagte nicht zu antworten. Der Mann trat in das Marionetten-Zimmer. Soweit Justus das im Zwielicht beurteilen konnte, passte er tatsächlich genau auf die Beschreibung, die Bob ihm von Federico Sciutto gegeben hatte.

»Du bist es doch, Frank!« Der Mann blickte Justus forschend an. Der Erste Detektiv brauchte keinen Blick in den Spiegel zu seiner Linken zu werfen, um zu begreifen, dass der Eindringling ihn für Frank hielt. Zu Recht, immerhin war er ähnlich gebaut wie sein Schulkamerad und hatte ebenso zerzauste schwarze Haare. Es konnte gut möglich sein, dass Federico Sciutto seinen Neffen über einen langen Zeitraum nicht gesehen hatte und nicht genau wusste, wie er nun aussah. Aus einer Eingebung heraus beschloss Justus seine wahre Identität nicht sofort preiszugeben. »Onkel Federico?«, sagte er daher zögerlich.

»Du erkennst mich also wieder.« Federico Sciutto ver-

schränkte die Arme. »Dann weißt du ja auch, weswegen ich hier bin.«
»Wegen deines Erbes?«, fragte Justus vorsichtig.
»Richtig! Mein Erbe! Das Erbe, das du und meine Mutter euch unter den Nagel reißen wollt, obwohl es euch nicht zusteht!«, knurrte der Mann.
»Das stimmt nicht«, versuchte Justus den Mann zu beruhigen. »Ich bin nur hier, weil ich mit Freunden einen Film drehe.«
»Und dafür schleichst du hier durchs dunkle Haus?« Federico Sciutto klang misstrauisch. »Frank, du kannst mich nicht für dumm verkaufen.«
»Also gut«, lenkte Justus ein. »Ich weiß von dem Geheimnis der Sciutto-Meister. Aber ich kann dir gerne bei der Suche nach deinem Erbe helfen!«
»Ach ja?« Der Mann lachte höhnisch. Seine Stimme hallte von den Wänden zurück. »Dann gib dir besser Mühe! Ich bin nämlich aus gutem Grund verdammt schlecht drauf!«

»Die Quelle der Angst?«, fragte Bob unsicher. Noch immer stand er mit Frank auf dem Dachboden. Während der dritte Detektiv sich ganz und gar nicht wohlfühlte, war Frank bei der Schilderung seiner Studien vollkommen in seinem Element. »Weißt du, bei Justus war ich mir sicher, dass ein paar Tricks nicht ausreichen würden, um ihn zu verunsichern. Daher musste ich zu künstlichen Mitteln greifen und ihm eine chemische Substanz verabreichen.«
»Wie bitte?«, entfuhr es Bob entsetzt. »Du hast ihm heimlich ein Medikament gegeben?«
»Nicht viel«, verteidigte sich Frank. »Eine kleine Dosis Cholecystokinin-Tetrapeptid, kurz CCK-4, sorgt für künstliche

Panikattacken, die mehrere Minuten andauern. Zusammen mit ein paar anderen Substanzen kann es auch den mutigsten Menschen geradezu umhauen.«

»Hast du es ihm ins Essen gemischt?«, knurrte Bob.

»Viel besser! Damit er es auch nimmt, habe ich das Mittel in der Limonade aufgelöst – einfach, aber genial.«

»Darauf bist du auch noch stolz!« Bob schüttelte missbilligend den Kopf.

»Justus war ein Notfall!«

»Und er ist dir gestern Nacht gerade recht gekommen«, ärgerte sich der dritte Detektiv. »Mit ihm konntest du das perfekte Horror-Szenario veranstalten! Du hast ein Tonband mit Schnarchgeräuschen in dein Bett gelegt, um Zack und uns zu täuschen. Dann bist du durch die verborgene Tür aus dem Zimmer gegangen. Im Flur hast du die Botschaft an der Wand hinterlassen und danach vom Dachboden aus ein weiteres Tonband mit Flüsterstimmen abgespielt. Und als Nächstes hast du Justus manipuliert. Wahrscheinlich mit Medikamenten.«

»Das stimmt – bis auf die Sache mit Justus. Da kam mir der Zufall zu Hilfe.« Franks Augen blitzten auf. »Er stand mit einem Mal in der Tür und starrte ins Leere. Er ist geschlafwandelt – vermutlich eine der Nebenwirkungen von CCK-4. Ich musste ihm nur die Kreide in die Hand drücken und wieder verschwinden. Bevor ich euch wecken konnte, seid ihr schon ganz von allein aufgestanden. Und kurz darauf ist alles so gekommen, wie ich es mir ausgemalt hatte. Es war die fast perfekte Hysterie, wenn auch nicht alle beteiligt waren.«

»Schön, dass es dir so gut gefallen hat. Vielleicht solltest du mal mit einem Psychologen darüber reden.«

»He, komm mir nicht so!« Franks Miene verfinsterte sich wieder. »Das habe ich alles im Dienst der Wissenschaft gemacht!«

»Auch den kleinen Film, den du nachts noch hier oben zurechtgeschnitten hast?«

»Auch den. Wobei ich mir davon ehrlich gesagt mehr versprochen hatte. Die Panik hielt sich leider in Grenzen.«

»Frank, ich sage es ungern, aber du hast dich für deine lächerliche Studie strafbar gemacht! Dein kleines Horror-Spiel ist eine Sache, aber Mitschülern heimlich die Getränke zu vergiften ist eine andere!«, sagte Bob verärgert.

»Ich habe Justus nicht vergiftet. CCK-4 ist nicht gefährlich für den Körper. Und das Schlafmittel, das ich Latona verabreicht habe, war auch harmlos.«

»Trotzdem! Du wirst dich dafür verantworten müssen. Und deine Großmutter wird ebenfalls aussagen müssen. Immerhin hat sie dir dabei geholfen, dein Experiment durchzuziehen.«

Wieder vibrierte das Handy. Dieses Mal zuckten sowohl Frank als auch Bob zusammen.

»Da will dich aber unbedingt jemand erreichen«, meinte Frank, als es wieder still auf dem Boden war.

Bob griff in seine Hosentasche. Frank unternahm nichts, sondern musterte den dritten Detektiv nur. Bob sah aufs Display. Da waren zwei SMS. Beide kamen von Kitty. Er klickte sich durch die Nachrichten. *»F. S. ist eben weggefahren! Liebe Grüße,* K« und *»Mrs Sciutto ist hier. Wollte mit ihm reden. LG, K«*.

»Na, worum geht es?«, fragte Frank ohne echtes Interesse.

»Um deinen Onkel, Federico Sciutto«, wagte Bob den Sprung nach vorn. »Ich habe ihn bei deiner Großmutter getroffen!«

Plötzlich wirkte Frank nervös. »Onkel Federico ist wieder da?« Ein Anflug von Besorgnis zeichnete sich auf seinem Gesicht ab.
»Ja, das sagte ich doch.« Bob sah hinab auf das Handy, das sich gerade von selbst ausschaltete. Der Akku war leer.
»Hat er Großmutter etwas getan?«, stieß Frank aufgebracht hervor.
»Nicht dass ich wüsste.«
Frank schloss die Hände zu Fäusten zusammen. »Er ist gefährlich! Großmutter hat mich vor ihm gewarnt.«
»Er ist noch gefährlicher als du?«
»Onkel Federico ist überzeugt, dass er der neue Meister des Todes ist.« Frank lachte nervös auf. »Diese ganze Marionetten-Geschichte nimmt er sehr ernst. Großmutter hat schreckliche Angst vor ihm!«
»Wieso?«
»Er ist unberechenbar! Er wird sein Erbe fordern, das ihm meine Großmutter verweigert hat. Und dabei wird er auch vor Gewalt nicht zurückschrecken.«
»Dann sollten wir zusehen, dass wir hier wegkommen, und zwar schnell«, mahnte Bob.
»Aber ihr dürft mich nicht anzeigen!« In Franks Augen flackerte es unruhig. »Bob, versprich mir, dass ihr mich nicht anzeigt!«

»So, und jetzt sag mir, was du weißt, Frank!« Federico Sciutto zog einen Revolver aus dem Hosenbund. Er entsicherte die Waffe mit einem leisen Klicken. »Ich will das, was mir zusteht!«
Justus schluckte. Er hatte nicht damit gerechnet, dass Fede-

rico Sciutto seinen eigenen Neffen mit einer Waffe bedrohen würde. Aber nun musste er das Spiel weiterspielen. Vorsichtig hielt er dem Mann den Zettel aus dem Harlekin hin. »Hier, Onkel. Es ist ein Rätsel.«

»Lies es vor!« Sciutto richtete den Revolver auf Justus.

»Schon gut, ich mache es ja!« Justus versuchte seiner Stimme einen ruhigen Ton zu geben. *»Lieber Federico, wenn Du das liest, bin ich wahrscheinlich nicht mehr unter den Lebenden und Du suchst Dein rechtmäßiges Erbe als Meister der Marionetten. Die Nieren der toten Lagune haben die Antwort. Schalte den Kopf ein und hole an Land, was Dir gebührt.«*

»Das muss eine Lüge sein. Vater war einer der Sciutto-Meister, er konnte nicht sterben«, brauste Federico auf. »Er ist an den geheimen Ort seiner Vorfahren gegangen.«

»Großmutter hat mir aber gesagt, dass er ganz menschlich gestorben ist. Er wollte nicht den Weg seiner Vorgänger gehen und ewig leben. Abgesehen davon glaube ich nicht daran, dass auch nur einer von ihnen unsterblich war. Vermutlich haben die Sciutto-Männer besondere Vertraute eingeweiht, die sie dann im Verborgenen begraben haben.«

Federico schnaubte verächtlich. »Du bist wie dein Vater, Frank. Was er nicht wissenschaftlich erklären konnte, war für ihn nicht real.«

»Dann haben wir eben unterschiedliche Meinungen. Aber trotzdem solltest du in Betracht ziehen, dass diese Botschaft von deinem Vater ist.« Justus hielt Sciutto erneut den Zettel hin. »Sie war in der Figur des Harlekins versteckt.«

»Der Text sagt mir aber nichts!«, erwiderte Federico zornig. »Was soll das mit der toten Lagune? Ich kann mir nicht vorstellen, dass Vater das Geheimnis unserer Familie in Venedig versteckt hat. Vor Jahren sagte er mir mal, dass es hier ganz in der Nähe wäre.«

»Ein paar Hundert Meter von hier liegt doch die Steilküste!«

»Das weiß ich! Ich bin hier aufgewachsen!«

Justus ließ sich nicht beirren und fuhr fort: »Allerdings ist das Meer an der Stelle sehr tief. Mit einer Lagune hat es nichts gemeinsam. Lagunen sind seichte Gewässer, die sich zum Beispiel durch Sandablagerungen vom Meer getrennt haben.«

»Danke für den überflüssigen Vortrag. Mir ist das alles bekannt. Und zu deiner Information: Die tote Lagune selbst ist mir auch ein Begriff.«

Justus stutzte. »Eben hast du noch das Gegenteil behauptet.«

»Ich weiß nicht, was es in Vaters Botschaft zu bedeuten hat«, sagte Federico Sciutto. »Aber die echte ›tote Lagune‹, auch ›Laguna morta‹ genannt, ist der Süßwasserteil der Lagune von Venedig, während man den Salzwasserteil als die ›Laguna viva‹, also die ›lebende Lagune‹, bezeichnet.«

»Süßwasser? Dann könnte er auch einen Teich oder See hier in der Nähe meinen«, überlegte Justus laut.

»Außer dem Meer gibt es hier in der Gegend aber kein Wasser!«

»Und ob es hier Wasser gibt!« Mit einem Mal kam Leben in Justus. »Und zwar den Pool! Er ist nicht besonders tief und er ist mit Süßwasser gefüllt.«

»Unser Pool! Das könnte sein!« Federicos Augen blitzten unheimlich auf. »Auf den Fliesen an der Wand befindet sich ein Mosaik mit zwei Nixen. Als das Wasser noch klar war, konnte man sie sehen. Vater hat die Steine ausbessern lassen, als ich klein war. Damals wurde auch die Beleuchtung eingebaut.«

»Wenn wir das Wasser bis zu den Kacheln ablassen, können wir uns das Motiv ansehen«, schlug Justus vor. »Vielleicht gibt es uns einen weiteren Hinweis auf das Geheimnis von Großvater.«

Federico musterte den Ersten Detektiv eindringlich. »Na schön.« Er hob erneut die Waffe. »Du gehst jetzt ganz langsam in den Hof. Irgendwo in der Nähe des Pools muss es eine Stange mit einem Haken am Ende geben. Der Ablass im Becken ist uralt und funktioniert noch mit einem Schieber. Mit der Stange kann man das Ding öffnen.«

»Keine Sorge, Onkel Federico, ich gehe ja schon!« Schritt für Schritt näherte sich Justus der Terrasse, die vom rötlichen Mondlicht spärlich beleuchtet war.

»Das Ding muss irgendwo dahinten in der Ecke liegen.« Federico deutete auf den hinteren Teil des Hofes.

Justus tat wie geheißen und suchte den Boden ab. Tatsächlich fand er eine lange Metallstange mit einem Griff.

»Mach bloß keine Dummheiten!«, warnte Federico.

Vorsichtig hob Justus die Stange auf und ging zum Pool hinüber. »Weißt du, wo sich dieser Verschluss in etwa befindet? Man kann den Grund nämlich nicht sehen.«

»Was?« Nun starrte auch Federico in das Becken. »Tatsächlich! Wir müssen die Poolbeleuchtung anmachen.«

Justus zögerte. »Ich glaube, die ist kaputt.«

»Dann mach die Außenbeleuchtung an«, herrschte ihn Federico an.

»Die hat einen Wackelkontakt.«

»Das ist mir egal! Mach sie an!« Der Mann hatte die Waffe

wieder im Anschlag. Justus sah ein, dass er ihm gehorchen musste. Bislang war er bei keinem seiner Fälle angeschossen worden und er wollte, dass das so blieb. Widerwillig drückte er auf den Schalter, der sich in einem kleinen Kasten neben der Terrassentür befand. Überall im Hof gingen die Lampen an … und wieder aus. Nach einem kurzen Flackern wiederholte sich das Ganze.

»Man sieht kaum was!«, beschwerte sich Federico Sciutto. »Das Wasser ist ja wirklich noch trüber als vor ein paar Jahren!«

»Es wird schwer sein, den Verschluss zu finden.« Justus blickte ratlos hinab in den Pool. Er stocherte mit der Stange im Trüben. »Das kann Ewigkeiten dauern.«

Federico schüttelte den Kopf. »Nicht, wenn man taucht.«

»Du willst ins Wasser gehen?«, fragte Justus ungläubig.

»Nicht ich, du, Frank!« Der Mann lächelte den Ersten Detektiv grimmig an. »Worauf wartest du noch? Der Ablass müsste sich irgendwo auf der linken Seite befinden. Es ist ein sehr einfaches System. Du musst den Verschluss lösen und den Schieber betätigen. Eine Pumpe oder anderen technischen Schnickschnack gibt es nicht.«

Justus fühlte sich schwindelig, so als wäre er gerade aus einer Achterbahn gestiegen. Aber er wusste, dass Franks Onkel keine Widerrede dulden würde. Das hier war kein Spiel, sondern bitterer Ernst. Er streifte sich langsam die Schuhe ab. Dann stieg er die Stufen hinab ins grüne Wasser. Seine Hosenbeine sogen sich sofort voll. Überrascht stellte Justus fest, dass das Wasser warm war. Der Geruch von Algen und Moder drang an seine Nase.

»Mach schon! Tauch!« Federico Sciutto beobachtete Justus

voller Ungeduld. Doch der Erste Detektiv wollte den Tauchgang am liebsten so lange wie möglich hinauszögern. Die panische Angst, die er am Vortag gespürt hatte, blieb aus. Justus' Verstand machte ihm klar, dass es hier keine wirkliche Gefahr gab. Es war deutlich harmloser als das Tauchen im offenen Meer. Trotzdem war ihm der Pool zuwider. Allein der Gedanke, aus Versehen das grüne Wasser zu schlucken, gefiel ihm gar nicht. Das Schwimmbad hatte dringend einen Wasserwechsel oder zumindest eine gehörige Portion Chlor nötig. Doch es half alles nichts, er musste tauchen.

Sofort merkte er, dass es nichts brachte, die Augen beim Schwimmen offen zu halten. Man sah nichts außer dunkelgrünen Schatten. Das flackernde Licht der Außenbeleuchtung drang kaum durch die Oberfläche zu ihm hindurch. Nach zwei kräftigen Zügen war der Erste Detektiv am Grund angelangt. Seine Hände tasteten sich über die Fliesen. Er fand alte Blätter und etwas, das sich wie Wasserpflanzen anfühlte. Er tastete weiter. Dann musste er wieder auftauchen. Justus holte Luft und sah sich nach Federico Sciutto um. Der stand noch immer mit entsicherter Waffe am Beckenrand.

Justus musste notgedrungen auf den zweiten Tauchgang gehen. Erneut tastete er die Fliesen ab. Schließlich bekam er etwas zu fassen. War es ein Stock? Oder vielleicht sogar ein Knochen? Justus unterbrach die Gedanken. Er durfte sich nicht schon wieder mit sinnlosen Ängsten verrückt machen. Wenn es hier Knochen gab, dann nur die von kleinen Tieren wie Ratten oder Mäusen. Niemand würde einen toten Menschen in einem Pool liegenlassen. Doch die bloße Vorstellung ließ Justus frösteln.

»Was brauchst du so lange?«, ärgerte sich Federico, als der Erste Detektiv zum zweiten Mal auftauchte.

Justus spuckte grünes Wasser aus. Der Geschmack im Mund war widerlich. »Der Pool ist nicht gerade klein und am Boden liegen Blätter und Äste und andere Sachen«, beschwerte er sich. Er wollte gerade noch hinzufügen, dass man kaum etwas erkennen konnte, als er einen Schatten im Torbogen sah. Er blinzelte. Dann machte sein Herz einen Hüpfer. Peter war zurückgekommen!

Gefährliches Licht

Justus hoffte inständig, dass sein Freund die Polizei rufen würde. Das war besser, als Federico allein dingfest zu machen. Immerhin hatte er eine Waffe.

Der Erste Detektiv gab sich Mühe, nicht zu offensichtlich zu Peter hinüberzusehen. Aus den Augenwinkeln behielt er seinen Schatten jedoch im Blick. Peter zögerte. Offenbar überlegte er noch, was zu tun war. Justus wurde nervös. Dann fiel ihm siedend heiß ein, dass Peter kein Handy dabeihatte. Die Leitungen im Haus waren abgestellt und das einzig sichere Mobiltelefon befand sich vermutlich immer noch bei Bob auf dem Dachboden.

»Was ist los?« Federico sah sich unruhig um.

»Nichts. Ich musste nur länger Luft holen. Das ist alles.« Justus beeilte sich wieder abzutauchen. Unter Wasser konnte er sich nur schlecht konzentrieren. Was geschah jetzt gerade oben auf der Terrasse? Er glitt über die Fliesen hinweg und streckte die Hände ins Dunkel aus. Da war kein Verschluss. Er fluchte innerlich. Warum musste ausgerechnet er immer vor Ort sein, wenn irgendwo ein unangenehmer Tauchgang anstand? Aber wenigstens konnte er hier nicht so leicht ertrinken. Mit einem Beinschwung richtete er sich auf und schwamm zur Oberfläche. Peter hatte sich mittlerweile auf den Hof gewagt und schlich an der Mauer entlang auf Federico zu. Justus hatte seine Zweifel, ob das gut ausgehen würde. Peter war geschickt und bewegte

sich lautlos, aber irgendwann würde Federico ihn entdecken.
Der Moment kam schneller als gehofft. Peter trat auf einen trockenen Zweig, der unter seinen Füßen knackte. Sofort fuhr Federico herum.
»Was machst du hier?«, fuhr der Mann den Zweiten Detektiv an.
»Ich … wollte … meine Freunde besuchen.« Peter hob die Hände.
»Dann kannst du dich gleich zu dem da unten gesellen. Zwei Leute finden mehr als einer.«
»Was soll ich?«
»Da reinsteigen!«, herrschte Federico den Zweiten Detektiv an. Der warf Justus einen verdrossenen Blick zu, während er die Leiter hinunter in den Pool kletterte. »Was suchen wir denn jetzt genau?«
»Den Abfluss«, erklärte Justus missmutig.
»Und wo soll der sein?«
»Irgendwo am Boden.« Der Erste Detektiv zuckte die Achseln.
»Igitt!« Peter versuchte so lange wie möglich kein Wasser ins Gesicht zu bekommen. »In der Brühe können wir Stunden suchen!«
»Dann sucht ihr eben Stunden«, kam die Antwort zurück.
»Morgen haben wir bestimmt hundert noch nicht erforschte Infektionskrankheiten.« Peter schüttelte sich bei dem Gedanken, in dem Wasser zu tauchen.
»Das ist keine Pool-Party!«, sagte Federico schroff vom Beckenrand aus. »Taucht ab!«

»Na dann, viel Erfolg!« Peter holte tief Luft und verschwand unter der Wasseroberfläche. Justus tat es ihm gleich.
Doch auch dieser Tauchgang verlief erfolglos. Keiner der beiden fand den Abfluss.
»In der Dunkelheit können wir ja lange suchen!«, beschwerte sich Peter.
»Also jetzt reicht es mir aber!« Federico stapfte zur Hauswand. »Wo ist der Schalter für die Poolbeleuchtung?«
»Die ist nicht in Ordnung. Das ist wirklich keine gute Idee!«, wandte Justus ein.
»Ich habe dich nicht gefragt, wie du die Poolbeleuchtung findest, sondern, wo der Schalter ist.«
»Aber …«
»Ist es der hier?« Federico deutete auf den unteren Knopf in dem Kästchen.
»Onkel, ich …«
Federico drückte den Knopf und das Licht im Pool ging an. Unheilvoll schien es durch das grüne Wasser hindurch. Dann ging es wieder aus. Genau wie bei der Außenbeleuchtung gab es auch hier einen Wackelkontakt. Justus fühlte ein leichtes Kribbeln, das durch seinen Körper ging. Peter musste es eigentlich auch spüren, kümmerte sich jedoch nicht darum. Mit zwei Schwimmzügen war er am hinteren Ende des Pools.
»Nicht! Peter!« Justus wollte seinen Freund warnen, aber Peter glitt bereits unter die Wasseroberfläche. Und gleich würde das Licht wieder angehen! Direkt unter Peter musste eine der Lampen sein! Justus setzte sich hastig in Bewegung. Wenn er Peter rechtzeitig erreichte … Das Licht ging wieder an. Es flackerte auf. Justus sah die Umrisse von Peter. Bitte, fass die Lampe nicht an, Zweiter!, schoss es Justus durch den Kopf.

Gleichzeitig fühlte er wieder das Kribbeln. Dieses Mal deutlich stärker. Das Wasser stand unter Strom! Der Schatten am Boden des Pools zuckte zusammen. Dann wurde es wieder dunkel.

»Federico ist vermutlich auf dem Weg hierher!« Bob griff nach Franks Arm. »Und wenn er schon da ist, ist Justus in großer Gefahr.«
»Aber …«
»Frank, du hast jetzt eine Chance, diese ganzen Sachen wenigstens teilweise wiedergutzumachen. Bitte hilf mir! Wir gehen da jetzt gemeinsam runter. Und wenn wir es wirklich mit Federico zu tun bekommen, dann werden wir ihn überwältigen.«
Frank schwieg einen Augenblick.
»Jeder macht Fehler, Frank.« Bob sah seinen Schulkameraden eindringlich an. Der seufzte. »Okay, ich komme mit.«
Bob atmete erleichtert auf. »Dann los, wir haben keine Zeit zu verlieren!«
Gemeinsam stiegen sie die Dachbodentreppe runter. Bob fühlte sich immer noch unwohl. Es war nicht klar, ob Frank wirklich auf seiner Seite war. Er warf einen Seitenblick auf den mürrisch dreinblickenden Jungen.
»Was ist?«, fragte Frank misstrauisch.
»Nichts!« Auf der Treppe nahm Bob zwei Stufen auf einmal.
»Ich höre was!« Frank blieb stehen.
»Was?« Bob horchte nun auch angestrengt. Tatsächlich! Das war Justus – und ein Mann, dessen Stimme Bob bekannt vorkam!

»Das Wasser steht unter Strom!«, brüllte Justus.
»Was?« Federico Sciutto ließ die Waffe sinken. »Wenn das ein Trick ist …«
»Nein, verdammt! Peter hat eine der Lampen angefasst und einen Schlag bekommen!« Justus versuchte verzweifelt mit einem Arm seinen Freund über Wasser zu halten und mit dem anderen zu rudern. »Schalten Sie sofort das Licht ab!« Es wurde wieder dunkel.
Justus merkte, dass ihm übel wurde. »Bitte, Mr Sciutto! Er kann sterben, wenn Sie den Strom nicht abschalten!«
»Mr Sciutto?«, rief Federico irritiert.
Justus biss sich auf die Lippe. Jetzt hatte er sich doch verraten. In der Aufregung hatte er vollkommen vergessen, dass er Frank spielen musste. Aber Federico war trotzdem auf dem Weg zum Schaltkasten.
Das Licht ging jedoch bereits wieder an, bevor er ihn erreichen konnte. Erneut merkte Justus den leichten Strom, der mit dem Licht kam. Wenn man weit genug von den Lampen weg war, spürte man ihn nicht so stark. Mit letzter Kraft schob er Peter in Richtung Leiter. Aber die befand sich nicht nur neben einer Lampe, sondern war auch noch aus Metall! Justus kannte sich in Sachen Elektrizität gut genug aus, um zu wissen, dass Metall den Strom leitet. Wenn er die Leiter anfasste, würde er selbst einen schweren Schlag bekommen. Solange der Strom angeschaltet war, konnten sie den Pool nicht verlassen.
Das Licht flackerte und ging wieder aus.
»So, ich bin beim Schalter und werde jetzt das Licht …« Weiter kam Federico nicht. Justus hörte einen dumpfen Schlag.
»Mr Sciutto?«

»Ich bin es, Just!«, vernahm er die Stimme von Bob. »Alles ist bestens! Frank und ich haben Federico überrumpelt und ihn niedergeschlagen!«
»Ausgerechnet jetzt! Er wollte gerade den Strom abschalten«, rief Justus verzweifelt.
Bob war überrascht. »Was?«
»Mach die Beleuchtung aus, Dritter! Schnell, Peter hat's erwischt!«, gab Justus im Kommandoton von sich. Erklärungen konnte er auch nachher noch geben.
Einen Moment später war die Terrasse dunkel. Auch im Pool blieben die Lichter aus.
»Der Strom ist aus!«, kam es von Bob. »Ich hole euch eine Taschenlampe.«
»Kann ich helfen?«, fragte Frank vom Beckenrand aus.
»Allerdings!«, stöhnte Justus, während er Peter zur Leiter zerrte. Gemeinsam mit Frank zog er den Zweiten Detektiv aus dem Wasser. Peter regte sich nicht.
»Was ist passiert?«, rief Bob, als er mit einer Taschenlampe zurückkam.
»Er hat einen elektrischen Schlag bekommen!« Justus fühlte nach Peters Puls, dann prüfte er den Atem seines Freundes.
»Und?« Bob beugte sich angespannt vor. »Wie geht es ihm?«
Der Anführer der drei ??? reagierte nicht auf die Frage. Stattdessen begann er Peter zu schütteln. »Komm schon, Junge. Wach auf!« Nichts passierte. Justus musste sich selbst zur Ordnung rufen, um dem Chaos in seinem Kopf keine Chance zu geben. Einatmen! Ausatmen! Ruhig bleiben! Nicht weinen – nur das nicht! Einatmen! Ausatmen! Etwas Sinnvolles machen! Denken!

»Wie geht es ihm?«, wiederholte Bob.

»Lass das, das bringt nichts!« Frank schob Justus energisch beiseite und beugte sich über den Zweiten Detektiv. Kurz darauf drückte er mit beiden Händen fest auf Peters Brustkorb.

»Darf ich bitte erfahren, was los ist?«, versuchte es Bob erneut.

Frank sah kurz zu ihm auf, ohne dabei mit seiner Tätigkeit innezuhalten. »Er atmet nicht mehr!«

Post mortem

Bob musste sich bemühen die Lampe festzuhalten. »Das kann nicht sein!« Er sah hinab auf Peter, der blass und leblos auf den Fliesen lag. Nach allem, was sie zusammen erlebt hatten, konnte das doch nicht so enden!

»Justus, ruf den Notarzt!«, keuchte Frank.

»Ich geh schon.« Justus klang mühsam beherrscht. Aus den Augenwinkeln sah Bob, wie sein Freund aufstand. Das Schlimmste war, dass er nichts tun konnte – außer Frank hilflos zuzusehen. Neben ihm röchelte Federico. Er machte jedoch keine Anstalten, aufzustehen. Die Pistole lag einen Meter weiter auf dem Boden. Bob ging hinüber und hob sie auf. In diesem Augenblick hörte er ein würgendes Husten. Peter bäumte sich auf.

»Himmel!«, entfuhr es Bob. »Das war knapp!«

Der Zweite Detektiv ließ sich wieder auf die Fliesen fallen. Bob setzte sich neben ihn. »Willkommen zurück unter den Lebenden.«

»Was war denn los?«, murmelte Peter.

»Du hast einen Stromschlag bekommen.«

»Im Pool?«

»Ja!« Frank stand auf. »Und du hast echt Glück gehabt. Für einen Augenblick sah es so aus, als würde dieses Mal der Tod siegen!«

»Manchmal bin ich wie eine Katze.« Peter grinste schwach. »Ich habe sieben Leben.«

»Von denen du mittlerweile mindestens vier verbraucht hast«, mahnte Bob.
»Ich finde das blöde Handy-Aufladegerät nicht!« Justus kam völlig aufgelöst aus dem Haus. »Und der Strom im Akku reicht nicht mehr für einen Anruf!« Er blieb abrupt stehen. »Peter!«
»Alles klar, Erster!« Der Zweite Detektiv streckte einen Daumen hoch.
»Erfreulich.« Justus zog ein Taschentuch aus der Hose und schnäuzte ausgiebig hinein.
»Ist das alles, was du zu sagen hast?«, fragte Peter fassungslos.
»Du kennst doch Just«, meine Bob versöhnlich. »Er würde nie zugeben, dass er sich große Sorgen gemacht hat.«
»Ich möchte euer Gespräch ja nicht unterbrechen, aber wir müssen trotzdem einen Arzt rufen. Peter kann Schäden davongetragen haben«, sagte Frank mit Nachdruck. »Ich habe ein Handy, es muss irgendwo bei meiner Reisetasche liegen!«
»Das kann warten!« Eine Gestalt löste sich aus der Dunkelheit.
»Na prima, noch ein Überraschungsgast!«, flüsterte Peter vom Boden aus. »Heute scheinen ja alle unangemeldet vorbeizuschauen!«
»Großmutter!«, rief Frank erschrocken.
»Mutter!« Auch Federico setzte sich benommen auf.
»Das junge Mädchen aus der Pension war so nett mir zu sagen, dass du vermutlich hier bist.« Mrs Sciutto trat näher zu ihrem Sohn. »Aber das hätte ich mir auch so denken können.«

»Er hat Peter hier fast umgebracht, Großmutter!«, sagte Frank erbost.
»Großmutter?« Federico sah von Frank zu Justus und wieder zurück. »Dann bist *du* mein Neffe?«
»Wer soll ich sonst sein?« Frank verschränkte die Arme.
»Mein Name ist Justus Jonas, Neffe meines eigenen Onkels und nicht mit Ihnen verwandt«, stellte der Erste Detektiv richtig.
»Das ist jetzt egal!« Federico starrte seine Mutter wütend an. »Es ist mein Erbe, Mutter! Vater hat es für mich im Pool versteckt, damit du es nicht findest!«
»Was immer da versteckt ist, es steht Großmutter zu!«, mischte sich Frank ein. »Du hast alle Aussichten auf deinen Anteil verspielt, als du dich strafbar gemacht hast! Betrunken Auto fahren, Unfälle bauen und dann davonfahren ist ja wohl schlimm genug.«
»Die ganze Familie scheint mir durch und durch kriminell zu sein!«, sagte Peter leise zu Bob, der noch immer neben ihm saß.
»Ach ja, Frank?« Federico stand auf. »Dann ist es an der Zeit, dass ich dir mal was über deinen feinen Vater erzähle.«
»Nichts wirst du!« Mrs Sciutto ging bedrohlich auf ihren Sohn zu. »Du wirst jetzt in den Pool steigen und das Erbe deines Vaters rausholen.«
»Und dann?«
»Dann werde ich es Frank geben«, zischte die alte Frau. »Er ist ein guter Junge, so wie sein Vater!«
»Ein guter Junge? So wie sein Vater?« Federico schrie diese Worte fast.

»Frank führt das Werk deines Bruders weiter! Er weiß, wie hart Feliciano für die Forschung gearbeitet hat! Du hingegen hast dich stets nur für diesen ganzen Marionetten-Hokuspokus interessiert. Als ob das der Menschheit weiterhelfen würde!« Mrs Sciutto redete sich in Rage.

Bob stand auf. »Also wir würden jetzt gerne den Notarzt rufen!« Doch da hatte Mrs Sciutto ihm schon die Pistole aus der Hand gerissen. »Du holst jetzt den Schatz aus dem Pool, Federico!« Sie richtete die Waffe auf ihren Sohn.

»Wir müssen dazu den Wasserspiegel senken«, sagte Federico verbittert. »In der Brühe ist der Abfluss nicht zu finden.«

»Dafür bin ich jetzt ja da.« Mrs Sciutto deutete mit der Waffe auf die Wasseroberfläche. »Der Abfluss ist etwa einen Meter vom hinteren Beckenrand entfernt auf der rechten Seite.«

»Und wie kommen wir da ran?«, fragte Federico.

»Tauchen«, antwortete Mrs Sciutto kalt. »Das wirst du doch wohl können.«

Ihr Sohn sah sie entgeistert an, stieg dann jedoch ohne ein Wort des Protests ins Wasser.

»Großmutter!« Frank berührte Mrs Sciutto am Arm. »Was soll das alles?«

»Dieser Taugenichts braucht eine Lektion! Und wage es ja nicht, meine Methoden in Frage zu stellen!« Sie entsicherte die Waffe.

Federico brauchte nicht lange, um den Verschluss zu finden. Als er zum zweiten Mal auftauchte, floss das Wasser gurgelnd ab. Mittlerweile war der Mond hochgestiegen und die Zuschauer am Beckenrand hatten eine gute, wenngleich gespenstische Sicht auf den Pool. Federico musste im Wasser bleiben, damit er hin und wieder die Blätter und Äste vom

Abfluss entfernen konnte. Nur langsam sank der Wasserspiegel und hinterließ einen grünen Dreckstreifen am Beckenrand. Darunter kam die erste Kachelreihe zum Vorschein. Dann tauchten weitere Kacheln auf, dieses Mal mit Motiven. Die Köpfe von zwei sich gegenüberschwimmenden Meerjungfrauen mit wallenden roten Haaren wurden sichtbar. Endlich tauchten ihre Schultern auf, die mit Muschelketten geschmückten Arme und schließlich die grünen Fischschwänze.

»Leuchte ins Becken!«, befahl Mrs Sciutto Bob, der immer noch die Taschenlampe hielt.

Der dritte Detektiv trat an den Rand des Pools.

»Das muss es sein!« Federico musterte die Meerjungfrauen.

»Müssen Sie das Bild einschlagen?«, fragte Bob.

»Ich weiß es nicht.« Federico untersuchte die Fugen. »Die Kacheln sind auf eine Platte aufgeklebt, die auf der Dichtung sitzt.«

»Ihr Vater schrieb, dass Sie den Kopf einschalten müssten«, überlegte Justus laut. »Ich vermute, dass damit die Köpfe der Nixen gemeint sind. Wenn Sie beide gleichzeitig drücken, könnte sich die Platte vielleicht aus der Dichtung lösen.«

»Na, hoffentlich hast du Recht. Sonst muss ich Vaters schönes Nixen-Mosaik am Ende noch zerschlagen.« Federico Sciutto setzte beide Zeigefinger auf die weißen Gesichter der Nixen. Einen Moment lang passierte nichts, doch dann gab die Platte tatsächlich nach.

»Mach da ja nichts kaputt!«, rief Mrs Sciutto aufgeregt. Aber Federico kümmerte sich nicht um seine Mutter. Vorsichtig legte er die Platte mit den aufgeklebten Kacheln auf den

Beckenrand. Dann bat er Bob, mit seiner Taschenlampe zu leuchten. Im Lichtkegel sahen sie ein viereckiges schwarzes Loch in der Beckenwand. Federico griff hinein und zog eine wasserdichte Kiste aus Plastik hervor.

Mrs Sciutto schnaubte. »Typisch mein Mann! Anstatt das Geld auf die Bank zu bringen, versteckt er es im Pool!«

Umständlich kletterte Federico mit der Kiste aus dem Pool. »Mutter, du weißt doch gar nicht, ob es Geld ist!«

»Was soll es denn sonst sein? Das Geheimnis des ewigen Lebens? Ich bitte dich!« Mrs Sciutto deutete auf den Gartentisch. »Stell das Ding hier hin!«

»Meinetwegen, aber ich sage dir: Es ist das Geheimnis der Sciutto-Familie und damit kannst du bestimmt nichts anfangen.«

»Diese ganzen absurden Legenden!« Mrs Sciutto wirkte verärgert. »Egal ob es Geld, Gold oder andere Wertsachen sind, ich werde es Frank geben, damit er die Studien von Feliciano weiterführt. Nur das ist wichtig!« Sie rüttelte an der Kiste. »Das Ding ist zu! Wir müssen es aufbrechen.«

»Warten Sie!«, sagte Justus. Er reichte der alten Dame den Schlüssel, den er im Harlekin gefunden hatte. »Das könnte helfen.«

»Na bitte!« Sie schloss die Kiste auf. Dann stieß sie einen wütenden Schrei aus. »Was soll das denn?«

In der Kiste lag kein Geld und schon gar kein Gold. Der Inhalt bestand lediglich aus Holz, Stoff und Fäden.

»Eine Marionette!«, sagte Frank erstaunt. Ihr Gesicht lachte den Betrachtern höhnisch entgegen.

»Eine Puppe?«, ächzte Mrs Sciutto.

»Ein Prinz!«, erklärte Federico, während er die Marionette

vorsichtig aus der Kiste hob. Sie trug ein purpurnes Gewand und eine kleine Krone.

»Da ist auch noch ein Zettel!«, sagte Bob, der die Kiste genauer untersuchte.

»Lies vor!«, befahl Mrs Sciutto scharf.

Bob richtete seine Lampe auf das Papier. Da stand:

Lieber Federico, vielleicht hast Du geglaubt, dass alle meine Marionetten uralt sind. Tatsächlich aber gab es ehemals nur acht von ihnen. Alle weiteren Puppen sind über die Jahre dazugekommen. Jeder der Meister hat eine für seine Söhne angefertigt und sie versteckt, bis seine Zeit gekommen war zu gehen. Ich weiß, dass Du ein guter Marionetten-Meister sein wirst! Ich wünsche Dir ein langes und glückliches Leben und hoffe, dass Du eines Tages für Deinen ältesten Sohn eine Marionette fertigen wirst!
Tante belle cose, Papà

»Die Nachricht ist von Federicos Vater und seiner Tante?«, brach Peter das kurze Schweigen, nachdem Bob den Brief gelesen hatte.

Frank schüttelte den Kopf. »›Tante belle cose‹ heißt auf Italienisch so viel wie ›Alles Gute‹.«

Mrs Sciutto fand die Situation jedoch ganz und gar nicht gut.

»Das ist ja wohl die Höhe!« Sie schlug Federico die Puppe aus den Händen.

»Damit hättest du nicht gerechnet, was?« Federico bückte sich, um die Marionette aufzuheben.

»Schweig!«

»Das werde ich nicht tun!« Federico richtete sich wieder auf.

»Ich habe lange genug geschwiegen. Aber jetzt ist es Zeit für die Wahrheit über Feliciano – auch wenn diese erst post mortem ans Licht tritt.«
»Post was?«, fragte Peter leise an Justus gewandt.
»Das heißt ›nach dem Tod‹«, flüsterte der Erste Detektiv zurück, ohne die Augen von den Sciuttos zu lassen.
»Was meinst du damit?«, fragte Frank verunsichert.
»Ich habe nie einen Unfall gebaut!«, sagte Federico erbost. »Dein Vater ist in dieser Nacht betrunken durch Rocky Beach gefahren, hat einen anderen Wagen gerammt und Fahrerflucht begangen. Die Polizei war ihm auf den Fersen, doch Mutter hier hatte Angst, dass die Wahrheit der Karriere ihres ach so genialen Lieblingssohnes schaden würde. Darum hat sie mich gezwungen die Schuld auf mich zu nehmen. Ich bin sowieso immer das schwarze Schaf der Familie gewesen. Nur weil meine Eltern mich einmal nach einer Prügelei bei der Polizei abholen mussten. Es war eine kleine Jugendsünde, mehr nicht. Doch Mutter war überzeugt, dass nur Feliciano etwas taugte. Der fleißige Schüler, der immer nur gute Noten heimbrachte und später sein Studium mit Auszeichnung abschloss.«
»Was man von dir nicht behaupten kann«, unterbrach ihn seine Mutter. Federico ging nicht darauf ein.
»Ich habe also dem Druck nachgegeben und für Felicianos Unfall bei der Polizei ein Geständnis abgelegt, falsche Beweise taten ihr Übriges. Niemand hatte Zweifel, dass ich der Fahrer war. Mein feiner Bruder hat das Spiel natürlich brav mitgespielt und war froh aus dem Schneider zu sein.«
»Wir mussten seine Karriere retten, Federico! Du hingegen hattest nichts zu verlieren«, sagte Mrs Sciutto verächtlich.

»Oh doch! Meine Freiheit, Mutter!«
»Dann hat mein Vater den Unfall verursacht?« Frank sah entsetzt von seiner Großmutter zu Federico.
»Ja, Frank. So leid es mir tut. Und es war ja nicht das letzte Mal! Das Gefängnis hätte meinem Bruder vielleicht das Leben gerettet. Aber so ist er schließlich betrunken in eine Mauer gerast.«
»Er war ein begnadeter Wissenschaftler!«, fauchte Mrs Sciutto. »Und ich bin nicht schuld an seinem Tod!«
»Er war eine Gefahr für sich und alle, die ihm im Straßenverkehr begegnet sind!«, brüllte Federico zurück. »Ganz gleich wie gut er als Wissenschaftler war! Aber du musstest ihn ja immer vor allem beschützen. Und jetzt, wo er tot ist, muss Frank für all deine Pläne herhalten!«
»Ist jetzt bitte mal Schluss mit Ihrem Familiendrama«, mischte sich Peter ein. »Ich hätte ganz gerne einen Arzt, und zwar möglichst schnell.«
»Was ist denn hier los?« Latona trat auf die Terrasse. Sie war sichtlich benommen und starrte von einem zum anderen.
»Wer ist das?«, zischte Mrs Sciutto.
»Da kann ich ja wohl eher fragen, wer Sie sind.« Langsam kam Leben in Latona. »Außerdem wüsste ich gerne, was hier abgeht!«
»Halt dich da raus!« Mrs Sciutto gestikulierte wild mit der Hand, in der sie die Waffe hielt. »Und was den Jungen betrifft, so kann er ja wohl noch etwas auf den Arzt warten. Es sieht mir nicht sonderlich dringend aus.«
»Geht's noch? Was sind Sie denn für eine Psycho-Oma?«, fragte Latona ungläubig.
»Du vorlautes Ding!« Ein Schuss löste sich aus der Waffe, ge-

rade in dem Moment, als Mrs Sciutto sie auf Latona gerichtet hatte.
»Großmutter!«, rief Frank ungläubig.
»Was … was habe ich getan?« Mrs Sciutto ließ die Pistole fallen, als hätte sie sich die Finger an ihr verbrannt.
Alle starrten Latona an. Das Mädchen war hintenübergekippt.
»Du hast sie erschossen.« Frank ließ sich entsetzt auf einen Gartenstuhl sinken. »Du hast Latona erschossen, Großmutter!«
»Das kann nicht sein!« Federico zog verwundert die Augenbrauen hoch.
»Jetzt hat der Tod doch noch gewonnen«, sagte Peter tonlos.
Alle Blicke waren auf das Mädchen gerichtet, das mit aufgerissenen Augen in den Nachthimmel starrte.
»Das ist deine Schuld, Federico!«, brach es aus Mrs Sciutto heraus. »Du hast die Waffe mitgebracht!«
»Nein.« Frank stellte sich neben seinen Onkel. »Du hast sie auf dem Gewissen, Großmutter.«
»Das verzeihe ich Ihnen nie!« Latona setzte sich wieder auf. Ihre schwarzen Haare hingen ihr struppig ins Gesicht. Mrs Sciutto wich erschrocken zurück.
»Und wenn ich persönlich dafür sorgen muss, dass Sie für alle Zeit in den Knast gehen!«
»Aber ich habe dich getroffen«, stotterte Franks Großmutter. »Und du bist nicht mal verwundet.«
»Ich bin eben immer für eine Überraschung gut.« Mit wackeligen Beinen ging Latona auf die alte Frau zu.
Mrs Sciutto rang nach Luft. Dann sackte sie kraftlos auf einen

der Gartenstühle. Unglücklicherweise setzte sie sich dabei genau auf den Stuhl, auf dem noch die Gummischlange vom Dreh lag. Das Requisit schaltete sich ein und zischte, mit dem Effekt, dass Mrs Sciutto erst aufsprang, dann schrie und schließlich erneut zusammenbrach. Dieses Mal neben dem Stuhl.

»Mutter!« Federico bückte sich über Mrs Sciutto.

»Eine lebende Tote und eine Schlange«, stammelte die Frau.

»Ich hole dir ein Glas Wasser!«, bot Frank an. »Und dann rufe ich einen Krankenwagen.«

Währenddessen untersuchte Justus die Waffe. »Es ist eine Schreckschusspistole, nicht wahr?«, wandte er sich an Federico Sciutto. »Sie macht viel Lärm, kann aber keinem was anhaben, wenn man nicht in unmittelbarer Nähe der Druckwelle steht.«

»Eine Schreckschusspistole?«, sagte Mrs Sciutto fast wie in Trance vom Boden aus.

»Ja, glaubst du, ich würde mit einer echten Waffe herumlaufen?« Federico stützte seine Mutter, die immer noch von Latona zur Schlange und zurück starrte.

»Ich fürchte, da hat am Ende doch noch mal jemand einige Anzeichen von Angst gezeigt«, sagte Bob leise zu Peter.

»Anzeichen von Angst?«, fragte Peter verdutzt.

»Ich meine Mrs Sciutto«, erklärte Bob. »Und was den ganzen Rest mit dem Spuk und der nächtlichen Panikaktion betrifft, so habe ich euch später einiges zu erzählen!«

Nach einer halben Stunde erklang eine Sirene. Kurz darauf wurde der Hof in helles Licht getaucht. Die drei ??? waren mehr als erleichtert, als Inspektor Cotta durch den Torbogen auf sie zukam, gefolgt von weiteren Polizisten und einem Notarzt.

»Und, was gibt es dieses Mal?«, fragte Inspektor Cotta den Ersten Detektiv.

»Eine alte Dame, die ziemlich viel Unheil angerichtet hat. Sie hat einen Schwächeanfall erlitten und sollte wohl besser ins Krankenhaus. Aber sobald es ihr wieder gut geht, muss sie sich vor Gericht wegen Falschaussage und versuchter Körperverletzung verantworten.«

Solange Justus dem Inspektor erklärte, was geschehen war, kümmerte sich der Notarzt um Peter und Mrs Sciutto. Während die alte Dame nicht allein aufstehen konnte, ging es Peter bereits wieder besser. Der Arzt wollte ihn trotzdem zur Sicherheit mit ins Krankenhaus nehmen.

»Nur für ein paar Tests«, sagte er, als er seine Tasche zuklappte.

»Wir kommen dann später nach«, versprach Bob seinem Freund. »Wir müssen nur noch unsere Sachen zusammensuchen. Eine weitere Nacht bleiben wir ganz sicher nicht hier.«

»Dann können wir ja abfahren.« Inspektor Cotta wandte sich an Federico Sciutto. »Sie kommen besser auch mit.«

»Das wird das Beste sein.« Federico packte seine Marionette ein, dann stieg er auf die Rückbank. »Ich habe nämlich eine wichtige Aussage zu machen.«

»Ich fasse das alles nicht!«, sagte Frank, als die Autos schließlich davonfuhren. »Großmutter hat mich jahrelang belogen!«

»Nicht nur dich«, meinte Bob. »Ich würde sagen, sie hat es faustdick hinter den Ohren.«

»Und ich würde sagen, der Fall ist gelöst!« Justus klappte die leere Kiste zu. »Bleibt uns bloß, das ganze Material zusammenzusammeln und das Haus so ordentlich wie möglich zu hinterlassen.«

»Lass uns nur das Nötigste packen«, bat Bob. »Lieber komme ich morgen noch mal her.«

»Gut. Dann können wir auch in Ruhe die Abschlussszene drehen«, stimmte Frank zu.

»Du denkst noch an den Film?« Justus schaute seinen Mitschüler verwundert an.

»Aber natürlich!« Frank brachte ein Lächeln zu Stande. »Und ich kann dir versprechen: Es wird der Hit!«

Hölle ohne Notausgang

»Habe ich schon erwähnt, dass ich Horrorfilme liebe?« Tante Mathilda kramte eine Rolle Schokoladendrops aus ihrer Handtasche. Zusammen mit den anderen Eltern und Schülern saßen Justus, seine Tante und sein Onkel im Theaterraum der Rocky Beach Highschool. Zum Abschluss des Schuljahres wurden die fünf Kurzfilmprojekte gezeigt.

»Die Effekte in dem Pferdefilm waren aber ziemlich schlecht gemacht!«, sagte Mr Shaw, der links von den Jonas saß. »Und überhaupt war die Geschichte übertrieben kitschig. Allein der Titel ›Freiheit für Glimmerwind‹!«

»Nicht so laut, Dad!«, zischte Peter. »Die Produzenten sitzen in der Reihe vor uns!«

Doch Mr Shaw kümmerte sich nicht um die Warnung. »Sowieso ist das alles sehr pferdelastig. Man könnte meinen, man hätte die Gruppen gezwungen Tiere einzubauen.« Er sah skeptisch auf die Leinwand, wo Peters Surfkumpan Jeffrey in einem Cowboykostüm gerade zusammen mit seinem Freund malerisch über einen Hügel ritt. Der Film endete zehn Minuten später mit dem tragischen Tod von Jeffrey. Einen Moment lang war es still, dann folgte ein zögerlicher Applaus. Einige Mütter hatten ihren jüngeren Kindern an manchen Stellen des Films die Augen zugehalten und warfen Mrs Robinson anklagende Blicke zu. Die Lehrerin trat jedoch ungerührt ans Mikrofon und kündigte ›Hölle ohne Notausgang‹ an. Dann warnte sie das Publikum, dass es auch bei dem

nächsten Film nicht geschont werden würde. »Ich verspreche Ihnen ein lustiges, aber auch durchaus makabres Filmvergnügen!«
Schon wurde das Licht gedimmt. Das Rascheln und Raunen im Saal verstummte langsam. Zwanzig Minuten lang starrten alle gebannt auf die Leinwand. Man sah Peter, Mary-Ann, Justus und Bob in ihren Rollen als T-Rex, Ruby, Muffin und Charles. Die vier verfolgten gemeinsam mit ihrer Hausschlange Gwendolyn einen Bankräuber kreuz und quer durch die Küstenberge. Nach einer Reifenpanne landeten sie im Haus einer Hexe, die sehr überzeugend von Latona dargestellt wurde. Das Schicksal der Jugendbande nahm von nun an seinen katastrophalen Lauf. Die Hexe verzauberte den pummeligen Muffin und machte ihn zum Werkzeug des Bösen. Als Justus als Muffin mit seiner Axt aus einem Schrank sprang, gab es im Publikum mehrere spitze Schreie. Ab diesem Moment wurde literweise Filmblut vergossen. Muffin tötete erst den Bankräuber und dann Bobs Rolle – den schüchternen Charles, der seine Brille verloren hatte und blind durch das Horrorhaus kroch. Zur gleichen Zeit kämpfte Peter als T-Rex in der Küche heldenhaft gegen die Hexe und schaffte es dabei auch noch, ein paar coole Sprüche zu bringen. Das Publikum lachte. Doch dann wurde es wieder ernst, denn Muffin hatte die total verängstigte Ruby gefunden. Er jagte das blonde Mädchen und dessen treue Schlange von einem Raum in den nächsten. Gerade als Muffin sie schließlich in eine Ecke getrieben hatte und sein Beil hob, schlug T-Rex die Hexe k. o. Knall auf Fall wurde der Besessene von seinem Bann befreit und ließ das Beil fallen. Aber das Happy End war noch nicht in Sicht. Während

T-Rex seine Freundin aus dem Haus führte, lief Muffin ausgehungert in die Küche, um sich nach den Strapazen etwas zu stärken. Aber dort lag noch die Hexe, die genau in diesem Moment aus ihrer Ohnmacht erwachte. Sie sah ihre letzte Chance darin, den rundlichen Jungen zu bezirzen und ihn mit einem Kuss wieder zum Bösen zu bekehren, doch da sah der gefräßige Muffin den Schokoladenkuchen auf dem Küchentisch. Ärgerlich, dass die Hexe ihn vom Essen abhalten wollte, beseitigte er sie mit Fondue-Spießen. Gemeinsam mit Ruby, T-Rex, der Schlange und dem Kuchen fuhren die Überlebenden zurück nach Los Angeles und lachten dabei herzhaft über einen Witz von T-Rex. Die Buchstaben ENDE flimmerten über die Leinwand und die Abschlussmelodie erklang.

»Mir stehen für den Rest des Tages die Haare zu Berge!«, sagte Tante Mathilda atemlos.

»Ehrlich gesagt, es war so übertrieben und absurd, dass man schon wieder drüber lachen konnte!«, gestand Kelly, die fast ganz gesund war und neben Peter saß. »Außerdem war die Rolle des T-Rex für dich auf jeden Fall viel besser als die in dem Cowboyfilm. Gut, dass du da nicht mitgemacht hast.«

»Du hast Glück, dass Jeffrey von einer Magen-Darm-Grippe außer Gefecht gesetzt wurde und zu Hause zwischen Bett und Toilette pendelt, sonst wäre er sicherlich sehr beleidigt, Kleines«, erklärte der Zweite Detektiv seiner Freundin, als sie aufstanden, um zum Büfett im Foyer zu gehen.

»Der Arme.« Kelly sah vom Gang aus ins Publikum.

»Jeffrey?«

»Nein«, sagte Kelly mit unterdrücktem Lachen. »Bob!«

Peter grinste. »Ich glaube, er hat echte Probleme!« Beide be-

obachteten den dritten Detektiv, der zwischen Jelena, Kitty, Mina und Lesley saß. In der Reihe dahinter warf Bobs Exfreundin Liz böse Blicke auf die anderen Mädchen. »Ich habe mir erlaubt ihnen allen zu sagen, dass heute die Filmpremiere ist.« Peter legte Kelly grinsend einen Arm um die Schulter. Dann wandte er sich an Tante Mathilda. »Na, noch immer geschockt, Mrs Jonas?«
»Ich hätte nicht gedacht, dass mein Neffe das Zeug zum Bösewicht hat!«, sagte Tante Mathilda anerkennend. »Überhaupt war der Film für ein Schulprojekt recht schonungslos!«
Peter und Kelly stellten sich am Büfett zu Bob, der seinen Mädchen-Fanklub soeben im Gewühl abgehängt hatte. Nachdem der dritte Detektiv von ihnen verdeckt seinen Teller mit Schnittchen gefüllt hatte, gesellten sie sich zu Frank. Der schwarzhaarige Junge stand allein in einer Ecke und beteiligte sich nicht an der Feier.
»Alles klar?«, fragte Bob.
»Abgesehen davon, dass mein Leben und meine Familie gerade eine Hundertachtzig-Grad-Wendung gemacht haben, schon.« Frank lächelte bemüht. »Irgendwie ist mir noch nicht so ganz nach Party zu Mute, auch wenn der Film ein Erfolg war.«
»Das mit deiner Großmutter muss schon ein harter Schlag gewesen sein«, meinte Peter.
»Aber es ist gut, die Wahrheit zu kennen«, sagte Frank nachdenklich. »Ich sehe unsere Familie jetzt in einem anderen Licht – auch meinen Vater.«
»Hoffentlich bekommst du wenigstens etwas Unterstützung von deiner Mutter«, meinte Bob.

»Meine Mutter konnte Großmutter noch nie gut leiden. Natürlich ist sie jetzt umso bemühter sich um mich zu kümmern. Es nervt beinahe etwas.«

»Und was ist denn eigentlich aus deiner Großmutter und deinem Onkel geworden?«, wollte Bob wissen.

Frank sah ernst drein. »Momentan befindet sich Großmutter im Krankenhaus. Die Ereignisse haben ihr doch recht stark zugesetzt. Sie redet wirres Zeug davon, dass die Marionetten sich an ihr rächen wollen und sie nachts besuchen.« Er goss sich ein Glas Eistee ein

»Unheimlich«, meinte Peter.

»Ich denke, sie braucht etwas Zeit, um sich von der ganzen Aufregung zu erholen«, sagte Frank. »Dafür gibt es gute Nachrichten wegen meines Onkels. Federico wurde nachträglich begnadigt. Er ist zwar aufbrausend wie eh und je, aber dafür wird er von der Familie nicht mehr als Verbrecher abgestempelt. Ich habe also berechtigte Hoffnung, dass es beim nächsten Familientreffen keine Schlägerei gibt.«

»Hier seid ihr!« Justus ging eilig zu seinen Freunden. Dabei sah er sich um, als ob er verfolgt würde.

»Wir reden gerade über Federico Sciutto«, brachte ihn Bob auf den neusten Stand.

»Tatsächlich!« Justus stellte sich mit dem Rücken zum Raum. »Mr Sciutto war gerade erst bei uns auf dem Schrottplatz und hat sich Requisiten für eine neue Theaterbühne gekauft. So wie es aussieht, wird es wohl bald wieder ein Marionettentheater in Rocky Beach geben.«

»Die Marionetten haben also dank uns einen neuen Meister!« Peter sah erleichtert aus. »So können sie ja niemandem mehr schaden.«

»Dann könnte man die Situation ja beinahe als Happy End bezeichnen«, fand Kelly.
»Nicht ganz!« Justus nickte in Richtung Büfett, wo sich Latona gerade nach jemandem umsah. »Sie hat mich doch tatsächlich gefragt, ob ich mit ihr ausgehe!«
»Und, was hast du gesagt?« Der Zweite Detektiv gab Justus einen Knuff gegen die Schulter.
Der Erste Detektiv war sichtlich verlegen. »Nichts! Ich bin unter einem Vorwand abgetaucht!«
»Da geht es dir wie mir!« Bob zeigte zu Liz, Jelena, Kitty, Mina und Lesley, die offenbar in einen handfesten Streit verwickelt waren. »Ich hoffe, sie schlagen sich nicht. Liz kann Karate.«
Peter biss herzhaft in ein belegtes Brötchen. »Es wird schon niemand sterben.« Er grinste zufrieden. »Schließlich haben wir höchstpersönlich dafür gesorgt, dass der Tod seinen Meister gefunden hat!«